Petrus Paul Maria Alberdingk Thijm

Philipp van Marnix

Ein Lebensbild aus der Zeit des Abfalls der Niederlande

Petrus Paul Maria Alberdingk Thijm

Philipp van Marnix
Ein Lebensbild aus der Zeit des Abfalls der Niederlande

ISBN/EAN: 9783743621404

Hergestellt in Europa, USA, Kanada, Australien, Japan

Cover: Foto ©Raphael Reischuk / pixelio.de

Weitere Bücher finden Sie auf **www.hansebooks.com**

Philipp van Marnix

Herr von Sanct-Aldegonde.

Ein Lebensbild
aus der Zeit des Abfalls der Niederlande

von

Dr. P. P. M. Alberdingk Thijm,

Ord. Professor der Universität Löwen.

Köln, 1882.

Druck und Commissions-Verlag von J. P. Bachem.

Einleitung.

Die fruchtbare holländische Provinz Seeland, die Eilande, „Las Islas" in den Depeschen des Königs Philipp II., birgt das von Wald und Feld und See umkränzte kleine Dorf Souburg. Dort steht in einem einsamen Gehöfte ein Obelisk, in welchen Immortellenkränze, ein Ritterwappen und die Inschrift: „Aan Marnix" eingemeißelt sind. Dies ist das Grab Philipp's von Marnix, Herrn von Sanct Aldegonde, dessen Leben der Verbreitung des Calvinismus, sowie der Losreißung der Niederlande von der spanischen Herrschaft gewidmet war.

Wenige Männer gibt es in der Geschichte, über welche das Urtheil der Parteien so auseinander geht, ja, deren schlimme Eigenschaften so eifrige Vertheidiger gefunden, wie Marnix von St. Aldegonde. Alle erkennen an, daß er als Dichter und Schriftsteller die meisten seiner Zeitgenossen verdunkelte, als Staatsmann erfahren, als Feldherr nicht ohne Talent, mit einem Worte ein nicht gewöhnlicher Mann war. Aber eine Anzahl von weniger lobenswürdigen Eigenschaften, manche Thaten von zweifelhafter Sittlichkeit verursachten, daß selbst in den Niederlanden die Zahl derjenigen, die ihn genauer kannten, gering war, und daß um politischer Ursachen willen es gerathen erschien, den Namen Marnix nur flüsternd auszusprechen.

Neuerdings hat sich dies geändert. Durch eine Anzahl von Schrift= stellern werden seine Thaten und Werke hoch erhoben. Man geht aus politischen Rücksichten sogar so weit, Marnix Gesinnungen unterzulegen, die er selbst geleugnet hätte, und die weder zu seinen Bestrebungen noch zu seinen Thaten passen: Gesinnungen religiöser Duldung, ohne welche seine eifrigsten Vertheidiger keine Einheit in seinem Charakter zu sehen belieben. Diese Herren gehen von dem Gedanken, vielmehr von dem Wunsche aus, daß in ihrem Helden keine Widersprüche bestehen dürfen, damit der Parteigänger für politische Unabhängigkeit auch als Apostel der Glaubensfreiheit erscheine. Das Meiste, was in der letzten Zeit über

Marnix geschrieben wurde, hat diese Richtung; dabei sind die eigenthüm=
lichsten Urtheile zu Tage gekommen.

Holländische Schriftsteller, die sich am meisten über religiöse Vor=
urtheile wegzusetzen verstehen, wie z. B. der Historiker van Bloten, der
eine neuere Geschichte mit der Epoche anfangen möchte, wo das Christen=
thum von der Erde verschwunden sein wird; belgische Autoren wie
Theodor Juste, der in seinen Werken ein Streben nach Unparteilichkeit
und Wahrheit zur Schau trägt und, in unbewußter Selbstkritik, Marnix'
höchstes Lob im Vergleiche mit Ulrich von Hutten findet; ferner calvi=
nistische Schriftsteller ohne Unterschied; die Herausgeber von Marnix'
Schriften, die Herren van Toorenenbergen, Albert Lacroix, Alphonse
Willems u. s. w. stimmen in den Hauptsachen und besonders in dem
bezeichneten Streben überein.

Man schrieb in Belgien eine Preisschrift über Marnix' Leben aus,
offenbar mit dem Hintergedanken, diesen unparteiischen Freiheitssinn
bestätigt zu sehen.

Die Preisbewerber machten nun denjenigen Theil von Marnix'
Werken, der eine Selbstvertheidigung gegen die Vorwürfe und Auschuldi=
gungen seiner Zeitgenossen enthält, und sogar mehr oder weniger zweifel=
hafte Schriften zur Grundlage ihrer Beurtheilung von Marnix' Person.

Historische Thatsachen, welche ihrem vorgefaßten Urtheile wider=
sprachen, wurden ebenso wie ein großer Theil von Marnix' Schriften,
welche die Verhöhnung der katholischen Religion zum Zwecke hatten, als
weniger wichtig erachtet und nur beiläufig berührt.

Mehrere dieser Preisschriften wurden gekrönt und mit Einleitungen
von van Bloten veröffentlicht.

Ein einziger Mann, ein offener Feind des Katholicismus, der
Franzose Edgar Quinet, hat sich nicht durch Worte verblenden lassen.
Er faßt die religiöse Frage, welche Marnix' Leben von Anfang bis zu
Ende beherrscht, wohl in's Auge und zieht aus seinen Thaten und
Schriften den Schluß, welchen schon Aldegonde's Zeitgenossen gemacht:
sein Hauptziel sei gewesen, „die katholische Kirche im Schlamme zu
ersticken" und an ihrer Stelle eine sogenannte „Kirche Gottes" zu gründen.

———— ·◇·◇· ————

I.

Marnix „unter dem Kreuze der Verfolgung“.

Philipp van Marnix, Herr von Sanct Aldegondesberg, Souburg und Touwinck, wurde im Jahre 1538 zu Brüssel geboren; der Tag seiner Geburt ist nicht bekannt.

Sein Großvater, ein savoyischer Edelmann, war Schatzmeister der Statthalterin Margaretha von Oesterreich; sein Sohn, Philipp's Vater, folgte ihm im Amte.

Die Anlage zur Geldverwaltung scheint in der Familie erblich gewesen zu sein; denn auf Andringen des Ritters van Brederode wurde späterhin auch Philipp Schatzmeister der Geusen (quaestor aerarius gheusorum), d. h. Verwalter von Geldern, die theils auf ehrliche Weise, theils aus dem Erlöse von geraubtem Kirchengute, bei Gelegenheit der Bilderstürmerei, zusammengebracht wurden, und die von Zeit zu Zeit zur Besoldung der Häupter des Aufstandes dienten. So erhielt z. B. Wilhelm von Oranien im Jahre 1572 die Summe von 100,000 Kronen aus diesem Aerar.

Philipp's Mutter war aus dem Hennegau gebürtig und hieß Marie d'Eméricourt oder Haméricourt. Sie hinterließ ihrem Sohne den Titel eines Herrn von St. Aldegondesberg.

Als Philipp zu einem Jünglinge herangewachsen war, der das Vertrauen seiner Eltern zu verdienen schien, schickte sein Vater ihn an die hohe Schule zu Löwen. Dort wirkten damals sehr bedeutende Gelehrte, wie z. B. der Holländer Ruward Tapper, der sich auf dem Trienter Concil auszeichnete und an Carl V. eine Schrift über die wahren Ursachen des traurigen Zustandes von Belgien und die Mittel zur Verbesserung desselben richtete; Joost Ravestein (Tiletanus), der sich ebenfalls auf dem genannten Concil auszeichnete, Balduin van Rithove, der erster Bischof von Ypern wurde, u. s. w.

1*

Man weiß nicht, ob Marniß mit diesen Männern in nähere Ver=
bindung trat; aber mit einem andern Manne kam er dort in Berührung,
den ein gleichzeitiger Schriftsteller einen „Sanct" nennt, „der nicht über=
flüssig heilig war," ihm allerlei verderbliche (wohl ketzerische) Schriften
zugehen ließ, und die Reiselust in ihm erweckte, so daß er Löwen verließ
und nach Genf zog, ohne seine Eltern, wie es scheint, davon in Kenntniß
gesetzt zu haben.

Sein Zweck war, den „berühmten" Calvin kennen zu lernen,
dessen Lehre er bald zu der seinigen machte. Calvin, der einige Jahre
vorher in Frankreich die Toleranz gepredigt hatte, so lange er
nicht selbständig auftreten konnte, war damals in Genf ein übermächtiger
Tyrann, nicht nur in Glaubenssachen, sondern auch in socialer Beziehung
geworden.

Vor seinem Willen sollte die kleine Republik sich beugen; strenge
Strafen, ja selbst der Tod bedrohten jeden Widerspenstigen.

Er hatte die Gewohnheit, die von auswärts zu ihm kommenden
Fremden rücksichtsvoller zu behandeln als die Genfer selbst. Diese syste=
matische Bevorzugung der Fremden ward ihm auch vom Beginn seines
Aufenthaltes an durch den Rath vorgeworfen. Aber sein Ansehen stieg
bedeutend, nachdem er eine Art von Verbannung überstanden, zu Straß=
burg seine calvinistische Burg, ein neues „Jerusalem" gegründet hatte und
durch die Diener des Wortes selbst nach Genf zurückgerufen worden
war[1]). Da kamen seine frühern Ordonnanzen erst recht zur Geltung
und Hunderte von Personen fielen denselben zum Opfer.

Bekanntlich hatte Calvin zu Genf nicht nur eine besondere Gemeinde
gegründet mit Synoden, Consistorien, Presbytern und Diakonen, Ver=
ordnungen für die Taufe und das Begräbniß, sondern er gab auch in
Gemeinschaft mit dem Magistrat ein bürgerliches und geistliches Gesetzbuch
heraus, gründete einen Gerichtshof der Inquisition, eine Rathskammer
mit dem Rechte der Censur und Verbannung und nannte seine Gründung
die „Kirche Gottes".

Nicht nur das öffentliche, auch das häusliche Leben, die Sitten,
die Kleidertracht sogar unterwarf er seinem Gesetze.

In Artikel 3 seines Gesetzbuches lesen wir z. B.[2]): „Alle diejenigen,
welche in ihren Worten, oder sogar ausschließlich durch ihren Willen der
Reformation nicht gewogen sind, müssen als Empörer gegen die Gottheit
betrachtet und streng bestraft werden. Nicht die geringste Schuld soll
verziehen werden, denn nicht umsonst ist die Obrigkeit mit dem Schwerte
ausgerüstet."

Bekanntlich fiel bald der spanische Arzt Servede, der mit Calvin in der Lehre von der h. Dreifaltigkeit nicht übereinstimmte, dieser Vorschrift zum Opfer und endete auf dem Scheiterhaufen.

Ein gewisser Jacobus Gruet wurde zum Tode verurtheilt, nachdem man aus allerhand Papierschnitzeln nachgewiesen hatte, daß er einen gewissen Freund Calvin's mit dem Namen „Schmeerbauch" bezeichnet hatte, und auf den Rand von Seite 145 seines eigenen Exemplars von Calvin's Schriften die Worte , Omnes nugae" — „Alles Unsinn" — geschrieben hatte. Sein Kopf wurde an den Galgen genagelt. Von 1542—1546 wurden zu Genf 58 Personen zum Tode verurtheilt und 76 aus der Republik verbannt. Im Jahre 1545[3]) hielt Calvin es für nöthig, Galgen für 700 bis 800 junge Genfer zu errichten. Dabei waren die Diener Gottes weit entfernt, durch ihre Thaten die guten Sitten zu predigen; denn wenn auch Calvin selbst nach den Grundsätzen eines strengen Sittenrichters lebte, so folgten ihm seine Adepten doch keineswegs auf diesem Wege. „Es stellte sich auch in Genf heraus," sagt Kampschulte, „daß religiöser Fanatismus mit nichten immer mit sittlicher Reinheit verbunden ist. Man begegnet in den Protokollen des Rathes und in Calvin's Briefen Beispielen sittlicher Verirrungen der bedenklichsten Art."

Vorzüglich wurde die sittliche Kraft und der Muth des Propheten auf die Probe gestellt, als in den Jahren 1542 und 1543 die Pest zu Genf ausbrach, und kaum hier oder dort ein Diener Gottes zu finden war, um die Kranken zu pflegen und die Todten zu begraben.

Marniz scheint in Genf die Lehre des Meisters mit vollen Zügen eingesogen und besonders seine Abneigung gegen andersdenkende Christen, welche nicht unbedingt die Lehre Calvin's annahmen, sich angeeignet zu haben. Dies wird uns vorzüglich klar aus der Geschichte der Wiedertäufer, welche zu Calvin's heftigsten Widersachern gehörten, die Hauptschuld an seinem vorübergehenden Sturze und seiner Verbannung aus Genf trugen und dafür von ihm mit der Bezeichnung „satanische Betrüger" beehrt wurden. Den Haß gegen diese Secte brachte sein Schüler Marniz nach den Niederlanden, und betrachtete es als einen Theil seiner Lebensaufgabe, denselben auch Wilhelm von Oranien einzuflößen.

Es ist durch keine Mittheilung bekannt geworden, wie das persönliche Verhältniß von Marniz zu Calvin sich gestaltete, und welche Meinung letzterer von dem jungen Heißsporn hatte. Wie groß aber Marniz' Verehrung für seinen Lehrer war, können wir aus zwei Erscheinungen seines spätern Lebens entnehmen.

Erstens nennt nämlich Marniz den Gründer des Calvinismus mit Vorliebe den „Propheten Gottes", welchen Titel er allerdings gern auch für sich selbst in Anspruch genommen hätte. Wenigstens bildet die Klage, daß seine Landsleute und Zeitgenossen seinen eigenen hohen Werth so wenig verstehen und anerkennen mochten, einen Grundton seiner von reichem Selbstlobe überfließenden Schriften. Ferner aber zeigte sich Aldegonde's große Verehrung für Calvin auch ganz besonders in der fast ängstlichen Treue, mit welcher er seine Lehre predigte, und in der übertriebenen Strenge, welche er bei deren Ausübung durch That und Schrift von den Anhängern forderte.

Als Marnix aus Genf nach der Heimath zurückkehrte, schien sein Lebensplan schon festgestellt zu sein. Derselbe ging aber nicht dahin, das Vaterland fremden Einflüssen zu entziehen, ihm, wenn nöthig, politische Freiheit zu erkämpfen: dies war ihm sein Leben lang nur Nebensache, Mittel zum Zwecke. Zweck aber war, wie oben gesagt, die Unterdrückung der katholischen Kirche. Sein politisch=religiöser Standpunkt war also gänzlich verschieden von dem des Prinzen von Oranien.

So geschah es, daß Marnix, nach dem Urtheile seiner eigenen Freunde, in einem hoffnungslosen Augenblicke ihnen sogar den Gedanken nahe zu legen schien, das Vaterland preiszugeben: „Périsse la patrie", — „wenn nur der Calvinismus triumphirt!" Denn also hatte er Calvin sprechen hören. „Calvin's volkswirthschaftliche wie seine politischen Ansichten standen durchaus unter der Herrschaft des religiösen Gedankens" [4]).

Doch wir wollen der Geschichte nicht vorgreifen, sondern vielmehr ihre beredten Beweise ruhig an uns vorüberziehen lassen.

Marnix verweilte ungefähr drei Jahre in Genf. Nach dem Zeugnisse seiner Freunde hatte er in kürzester Frist neben der französischen sich auch die hochdeutsche, die lateinische, die griechische und hebräische Sprache angeeignet. Er hatte, so behauptet man, allerdings nach seiner eigenen Versicherung, die ganze Bibel und die meisten Kirchenväter durchstudirt und Auszüge daraus gemacht; ferner die meisten Schriftsteller über mittel= alterliche Kirchengeschichte gelesen und die juristischen und militairischen Wissenschaften gepflegt.

Es versteht sich von selbst, daß Marnix, der durch heillose Einflüsse überredet, Löwen verlassen und gegen den Willen seines Vaters sich Calvin zugewendet hatte, bei seiner Rückkehr in die Niederlande als angehender „Prophet" das elterliche Haus vermied, wo sein Vater sich eben zum zweiten Male mit einer katholischen Dame verheirathet hatte.

Marnix machte zunächst eine italienische Reise; nachher begab er sich nach dem französischen Flandern. Er schloß dort mit Philippotte de Bailleul eine Ehe, aus welcher ihm bald ein Kind geboren wurde, und ließ sich kurz nachher zu Breda wohnlich nieder. .

So lebte er, wie er selbst sagt, sechs Jahre verborgen „unter dem Kreuze der Verfolgungen", d. h. er war vernünftig genug, einzusehen, daß die Lehre Calvin's zu wenig Anklang in den Niederlanden fand, um dieselbe öffentlich als ihr Prophet zu vertreten. Im Namen des Indifferentismus einen Aufstand gegen Kirche und Monarchie zu wagen, lag gar nicht in seinem Sinne, und es mag als ein schülerhafter Fehler der neuern Geschichtschreiber über den niederländischen Aufstand betrachtet werden, daß sie die Zwecke Aldegonde's und anderer ausgesprochenen Calvinisten mit denen Wilhelm's von Oranien und seiner Anhänger ohne Weiteres vereinigt haben.

Wir bemerkten bereits, daß besonders zwei Tendenzen das calvinistische System auszeichneten: vor allem die Bekämpfung jeder religiösen Ueberzeugung, welche seinem Principe sich nicht unterwarf; daneben aber, als Mittel zu diesem Zwecke, der Umsturz einer etwa widerstrebenden weltlichen Gewalt, selbst auf die Gefahr der größten Schäden und der Zerrüttung des Vaterlandes hin. In diesem Sinne suchte Marnix unbeirrt und fast sein Leben lang nach einem Herrscher, welcher geneigt wäre, den calvinistischen Gedanken zu verwirklichen, gleichviel ob er aus Deutschland, aus Frankreich oder aus England käme. Dafür waren aber die Niederländer in ihrem Revolutionstaumel von 1559—1566 weder reif noch empfänglich, und boten auch keine Hoffnung, es je zu werden, so lange Wilhelm von Oranien sich nicht für den Calvinismus erklärt hatte, was jedoch erst 1573, elf Jahre vor dem Ende seines Lebens, erfolgte.

Dazu kam, daß die Protestanten damals in den meisten Städten nur einen kleinen Theil der Bevölkerung bildeten. Man berechnet, daß z. B. in Brügge im Jahre 1566 die Zahl der Neugläubigen ungefähr 5 % betrug. In Gent scheint das Verhältniß der Reformirten etwas günstiger gewesen zu sein; in Amsterdam war um dieselbe Zeit etwa ¹/₁₀ der Bevölkerung abgefallen. Antwerpen, damals die volkreichste Stadt der Niederlande, beherbergte Religionsflüchtige aus verschiedenen Ländern, und doch zählte man dort nur etwa 4000 Nichtkatholiken, von denen die meisten Lutheraner waren. Andererseits blieben ganze Provinzen, wie Gelderland, Groningen, Luxemburg, fast vollständig von der Häresie verschont.

Trotzdem schien es Manchen an der Zeit, öffentlich ihrer Unzufriedenheit mit der Lage des Landes Ausdruck zu geben, und sie bereiteten, durch einen scheinbar gerechtfertigten Widerstand gegen die Strenge der spanischen Regierung, einen Abfall vor. Einige Edelleute kamen im August 1565 zuerst in dem Badeorte Spa bei Lüttich, nachher in Brüssel zu genanntem Zwecke zusammen und gingen schließlich nach Breda, wohl in der Absicht, den immer noch „unter dem Kreuze verborgenen" Marnix für ihre Pläne zu gewinnen. Dieser bestrebte sich so sehr dem Vorbilde seines Meisters Calvin nachzuleben, daß er, wie jener in Frankreich, anfänglich nur Toleranz und Nachsicht für jede Lehre predigte, und dadurch die verschworenen Edelleute auf den Gedanken brachte, er sei für ihre Zwecke der brauchbare Mann. Nun ließ er sich bewegen, in einen anti-spanischen Bund der Edelleute einzutreten.

Zuerst wurde nun eine Erklärung abgefaßt und im ganzen Lande Unterschriften für dieselbe gesammelt. Die Erklärung, „Compromis" genannt, sollte den Beweis liefern, wie sehr die Unterzeichner für die Ehre des Königs, die Beruhigung des Landes, das allgemeine Wohl u. s. w. sich bemühten, wie freudig sie bereit wären, Gut und Blut für die Erhaltung dieser heiligen Güter einzusetzen.

Die Schrift beginnt mit einer Klage über „einen Haufen Fremd= linge", worunter man besonders den Cardinal Granvella und dessen Umgebung verstand, welche „unter dem Scheine der Vertheidigung der katholischen Religion nur ihre Herrschsucht und ihren Geiz zu befriedigen suchten", ohne irgend welche Anhänglichkeit an das Land, an die Interessen des Königs und die Ehre Gottes zu empfinden. Durch diese Leute, fährt die Schrift fort, sei des Königs Majestät meineidig geworden und habe durch die Handhabung der anti-ketzerischen Vorschriften (placards) und den Vorsatz, die den göttlichen und menschlichen Gesetzen wider= strebende Inquisition[5]) einzuführen, die Ehre Gottes und das Heil des Landes, die katholische Religion und sich selbst in Gefahr gebracht.

Die Unterzeichneten behaupten, nur allein durch das Gefühl der Treue gegen die königliche Majestät, so wie gegen die katholische Religion zu diesem Bündnisse geschritten zu sein[6]), und rufen Gott als Zeugen an für die Gewissenhaftigkeit ihres Bestrebens. Dieser Akt könne deshalb auch nicht als eine revolutionaire Handlung betrachtet werden. Nach damals lebenden Zeugen soll Marnix von St. Aldegonde selbst der Verfasser dieses Aktenstückes sein, das offenbar zum Zwecke hatte, das Volk unter dem Scheine von Recht, Religion und Freiheit zum Aufstande zu reizen.

Mehrere hundert Edelleute, darunter die vertrautesten Freunde von Marnix, unterzeichneten eine Abschrift dieses Documentes.

So war der Grund zu weitern Schritten gelegt. Bald nachher kam auf die gleiche Art eine Petition an die Statthalterin zu Stande, deren Unterzeichner gleichfalls „bei Gott und seinem Evangelium" dem Könige Treue schwuren . . . . unter der Bedingung, daß er die (althistorische) Inquisition nicht in die Niederlande einführen, beziehungsweise dieselbe aufheben würde. Man erklärte schließlich in drohendem Tone, die Verant= wortung für die Folgen nicht übernehmen zu wollen, welche eine abschlägige

Antwort des Königs heraufbeschwören könnte. Mancher aufrichtige Katholik
ließ sich durch diese Sprache zum Anschluß an die Petition verleiten;
man verstand die „arrière boutique" (den Hintergedanken) der Sache
nicht[7]).

Weiter aber reichte der Blick des Oraniers. Schweigend hielt er
sich von der ganzen Bewegung zurück. Geister wie er lieben die
Oeffentlichkeit nicht Vielleicht hoffte er auch, daß der König in großer
Verlegenheit seine Vermittlung suchen und er dabei seinen eigenen Vor=
theil finden würde. Er sprach hie und da von der Handhabung
„de la vraie et ancienne religion" (der wahren und alten Religion),
verglich die Protestanten mit den Adepten des Arius[8]), und bot sogar
im Jahre 1567 mit diplomatischer Schlauheit dem Herzoge von Alba
von Dillenburg aus seine Dienste an[9]).

Wilhelm's Urtheil über Marnix und seinen Bruder Johann war,
daß sie unpraktische Männer voll geistigen Hochmuths seien, während
Marnix die Eiskälte Wilhelm's „dem reinen Evangelium" gegenüber auch
in spätern Jahren noch unerträglich fand[10]). Es ist jedoch kaum glaublich,
daß Marnix wirklich die Manifestation für eine ganz gesetzliche hielt und
nur eine rein religiöse Frage darin sehen konnte. Das Compromis
wird von mehrern protestantischen Geschichtsforschern, z. B. dem Calvi=
nisten Bilderdyk und dem heterodoxen Bakhuizen van den Brink als eine
That des Aufruhrs, der unrechtmäßigen Aufwiegelung betrachtet, welche
die Ruhe des Staates bedrohte[11]).

Die Veranlassung zu dem Compromis der Edelleute muß auch
weiter zurück, vor der Regierung Philipp's II. gesucht werden. Sie lag
schon in der von Carl V. geplanten neuen Vertheilung resp. Gründung
einiger Bisthümer. Die Durchführung dieses Planes durch Philipp II.
und den Cardinal Granvella erweckte große Unzufriedenheit gegen die
spanische Regierung nicht nur bei manchen Bischöfen, welche einen
Theil ihres Bisthums verloren, nicht nur bei den Aebten, welche den
Bischöfen schatzpflichtig wurden und von ihren Vorrechten manches einbüßten,
sondern hauptsächlich bei den Adeligen, welche verschiedene unter ihrem
Einfluß stehende Klöster von dieser Zeit an nicht mehr als Orte öffent=
licher Lustbarkeit betrachten, noch deren Einkünfte verschleudern konnten.

Als nun nach der Verkündigung der Concils=Akten von Trient
einerseits Ordnung und religiöses Leben in der Kirche unter der Hand=
habung geistlicher Richter einen neuen Aufschwung zu nehmen versprachen,
und andererseits das persönliche Auftreten Philipp's nicht geeignet war,
den bezeichneten Klagen ihren Anlaß zu entziehen, oder durch Freundlich=
keit und Milde ein Entgegenkommen anzubahnen, als vielmehr die Ver=
ordnungen oder Placate gegen die Ketzer verschärft wurden, da ward

die Klage über Religionszwang und das Schreckensbild der „spanischen Inquisition" die Losung der Bewegung.

An ihrer Spitze standen u. a. Nicolaus de Hames, der Sohn einer flämischen Frau und eines französischen Geistlichen, Wappenkönig des Ordens vom goldenen Fließe, und Heinrich van Brederode, ein Lebemann erster Klasse, der seine Gläubiger mit Prügeln zu bezahlen pflegte, immer in sehr zweideutiger Gesellschaft zu treffen war, und seine Feinde mit Spott=schriften aus eigener Druckerei überschüttete. Diese Druckerei diente bald zur Verbreitung anonymer Pamphlete, welche das Volk gegen die Obrig=keit aufreizen sollten.

Die Petition wurde inzwischen von einem Schloß zum andern ge=tragen, mit Unterschriften bedeckt und schließlich in glänzendem Aufzuge, um die allgemeine Aufmerksamkeit zu wecken, der Statthalterin in Brüssel überreicht. Margaretha nahm die Petition an. Zu ihrer Beruhigung äußerte einer ihrer Vertrauten, sie habe hier nur mit einem Haufen Bettler zu thun (ce ne sont que des gueux); eine Benennung, welche Letztere von nun an als Ehrentitel (Geuzen) beibehielten.

Kurz nachher wurde eine der Breda'schen ähnliche Versammlung zu St. Truiden (S. Trudo) im Limburg'schen abgehalten. Dort beschlossen die zwölf adeligen Verschworenen, der Statthalterin eine zweite Petition gleichsam als Ultimatum zugehen zu lassen. Außerdem wurde in dieser Versammlung, deren Verhandlungen jetzt erst bekannt geworden, beschlossen, daß man den Anhängern Luther's und Calvin's den gleichen Schutz gewähren wolle wie den Anhängern der alten Religion. Der Vorwand, die katholische Kirche und des Königs Interessen beschützen zu wollen, wurde also factisch bereits fallen gelassen.

Seit diesen drei ritterlichen Kundgebungen verbreitete sich das Feuer des Aufstandes mit großer Schnelligkeit. In Antwerpen, welche Stadt Aldegonde zur Burg der „Kirche Gottes" erkoren, wurden Hunderte von Pamphleten calvinistischen Inhalts ausgestreut und ein Franzose, François Du Jon, oder Junius, im jugendlichen Alter von 20 Jahren als „natio=naler" Prediger angestellt [12]).

Es konnte nicht ausbleiben, daß der Aufstand bald seinen Urhebern selbst über den Kopf wuchs. Die calvinistischen Verkünder des neuen Lichtes und Mitbegründer der „Kirche Gottes" kamen in großer Menge über die Grenze; zuerst nach Dornik (Tournay), dann nach Flandern, auf jede Art durch Aldegonde beschützt, der eine große Anzahl dieser Leute in sein Haus aufnahm, und sogar im Keller versteckte, während seine Frau Philippotte zu Fuß oder im Wagen sich an den öffentlichen Pre=digten erbaute.

Die Fanatiker predigten anfänglich in der Verborgenheit der Wälder, später auf offenem Felde. Zuerst eiferten sie gegen den Luxus der katho= lischen Kirche, gegen ihre Kunstschätze und kostbaren Gefäße, entrissen dadurch ihren Zuhörern die gewohnte Ehrfurcht vor heiligen Dingen und entfesselten ihre Habgier.

Mehrere Kirchen wurden bald im Sturm genommen, die Bilder herabgerissen, die heiligen Gefäße geschändet, geraubt und zu Gunsten der calvinistischen Kasse verkauft. „So machten," sagt ein Zeitgenosse, „Leute jeden Schlages sich zu reichen Männern." Dadurch wurde auch den armen Predigern der „Kirche Gottes" geholfen.

Die Statthalter der Provinzen sowie die Edelleute kümmerten sich wenig um derartige Excesse. Am Tage vor dem Bildersturm zu Ant= werpen verließ z. B. Wilhelm von Oranien die Stadt, welche er doch im Auftrage der Statthalterin beschützen sollte.

Marnix behauptete nun zwar sehr lakonisch, es wäre besser gewesen, die Kirche mit ruhigerm Gemüthe zu plündern, er blieb aber dieser Meinung nicht treu, sah vielmehr in spätern Jahren in der Volkswuth das „Urtheil Gottes über die Abgötterei"[13]).

Der Bildersturm nahm seinen regelmäßigen Gang von Stadt zu Stadt, und dieses systematische Weiterschreiten scheint (wie so manche andere Zeichen)[14]) darauf hinzudeuten, daß man nach einem calvinistischen Plane arbeitete, der von Marnix ausging; denn merkwürdiger Weise wurden allgemein die Taufsteine und die Orgeln geschont. Als die Calvinisten durch Gewaltthaten mehr als durch Predigt in verschiedenen Provinzen Meister geworden waren, und in Antwerpen bereits gegen 14,000 Anhänger zählten, achtete Philipp van Marnix den Augen= blick günstig, diese Stadt ganz in die Macht seiner Gesinnungsgenossen zu bringen, und sie zur wirklichen Burg des Calvinismus zu erheben, von wo aus das „reine Evangelium" sich weiter über die Niederlande verbreiten sollte.

Es waren hauptsächlich Fremde, welche zu diesem Plane die nöthige Hülfe leisten sollten. Demnach und in Betracht der noch zu erzählenden Umstände ist es richtig, wenn Quinet sagt, Marnix „besaß einen fran= zösischen Geist und Vaterlandsliebe für ein anderes Land (als das seinige)".

Zuerst wurde durch seine Anhänger ein kleines Heer geworben, um die Insel Walcheren, in der Provinz Seeland, zu überraschen.

Bis dahin war Wilhelm von Oranien mehr oder weniger mit dem Streben der „Diener des Herrn" einverstanden, und wies ihre Hülfe nicht ab, obgleich seine Politik wenig mit den deutschen Vorbildern Marnix' übereinstimmte, und sich vielmehr nach Frankreich richtete, von wo er auch eine Besoldung bezog.

Als jene aber durch spanische und niederländische Truppen von Walcheren zurückgeworfen wurden und in der Nähe von Antwerpen bei dem kleinen Orte Oosterwelle (Austruweel) landeten und Antwerpen selbst bedrohten, da erhob sich Wilhelm zu spät gegen diese Anmaßung, richtete Warnung und Bitte an die neuen „Propheten" und schloß sich in Antwerpen der katholisch gebliebenen Partei, den Lutheranern, den Wiedertäufern und einer großen Zahl der mehr indifferenten Kaufleute an. Dafür wurde er von den Männern des „reinen Evangeliums" ein „Verräther" und „Diener des Antichrists" genannt.

Jetzt erschienen die Calvinisten, mit Philipp's Bruder, Johann van Marnix an der Spitze, vor der Stadt.

Die Gemahlin des Bandenführers durchstreifte in höchster Begeisterung mit aufgelöstem Haare die Straßen, um die Parteigenossen zur Empörung zu reizen. Die Stadt wurde indessen nicht genommen und Johann van Marnix verlor das Leben im Gefecht.

Die Antwerp'schen Gesinnungsgenossen rächten seinen Tod durch Ermordung einer großen Zahl katholischer Geistlichen, so wie derjenigen, welche nicht zum „Volke Gottes" gehörten, und durch wiederholte Plünderung bis dahin unangetasteter gebliebener Kirchen und Klöster.

Obgleich der Oranier sich mit allen Parteien innerhalb der Stadt zu verständigen suchte, selbst mit den ihm widerstrebenden Calvinisten, so wollte er damals doch die Suprematie des Calvinismus mit Zurücksetzung aller andern Secten nicht aufkommen lassen. Dazu wurde er später durch die Umstände gezwungen.

Der erste Schritt zur Vereinigung der Parteien wurde durch die aus Spanien eintreffende Kunde veranlaßt, daß der Herzog von Alba im Anzuge sei, um im Namen des Königs die Ruhe des Landes wieder herzustellen und die alte Religion zu schützen.

Nun meinten die Häupter der Bewegung, jeder Widerstand sei vorläufig vergeblich. Wilhelm von Oranien so wie Philipp van Marnix und seine Familie verließen, nicht ohne Mitnahme der Geusenkasse, das Land, um durch Werbung fremder Truppen zu versuchen, von außen her zu ihrem Ziele zu gelangen.

Marnix wurde von Alba in contumaciam verbannt und alle seine Güter confiscirt. Zwölf Jahre verliefen, sagt er selbst, bevor er wieder theilweise seine Einkünfte genießen konnte.

Das gemeinsame Unglück hatte ein besseres Verständniß zwischen Wilhelm und Marnix herbeigeführt. Trotz Verbannung und Confiscation durch den königlichen Feldherrn behaupteten beide, dem König immer treu gedient zu haben, also unschuldig verurtheilt zu sein. In dieser Epoche dichtete Marnix (wie es von der Kritik jetzt allgemein angenommen wird) das bis auf den heutigen Tag berühmte Volkslied[15] „Wilhelmus van Nassouwen", auf eine volksthümliche Melodie zu Ehren Karl's V., und läßt in demselben den Prinzen den Satz des Compromisses wiederholen: „Den König von Hispanien hab' ich allzeit geehrt" (Den conine van Hispangien heb ick altijt gheërt).

Wie Marnix zu sagen beliebte, kam dem König zu Ehren der Oranier bald wieder in die Niederlande zurück, um mit deutschen Truppen den Feldherrn seines Königs zu bekämpfen. Das Volk verstand die Sache aber ganz anders. Als Wilhelm über die Maas in die Niederlande einfiel, fand er, wie er selbst gesteht, die Bevölkerung gleichgültig gegen sich, und voller Angst vor dem Kriege. Sein Heer lief nach einem Streifzug auseinander, er selbst mußte nach Frankreich flüchten. Marnix blieb in Luttersburg bei Norden zurück und arbeitete in dem seit einiger Zeit zu Emden gebildeten Consistorium.

Die Kasse der Geusen wurde den Freunden in Frankfurt a. M. anvertraut, zu denen sich auch Aldegonde's Gemahlin flüchtete. Bücher und Handschriften mag er wohl mit nach Emden genommen haben, wo er sein Hauptwerk, den „Bienenkorb der römischen Kirche" ausarbeitete, ein Pamphlet, das von den bittersten Ausfällen gegen die katholische Kirche, ihre Lehre und ihren Cultus, sowie von den boshaftesten Verdrehungen der historischen Facta strotzt; allein wegen seines Stils und Witzes von den Feinden der katholischen Kirche vielfach gelesen wurde. Wir verschieben eine eingehende Besprechung dieses Buches, bis wir Marnix' literarische Thätigkeit im Allgemeinen besprechen werden, und kehren zunächst zu seinen anderweitigen politisch-religiösen Bestrebungen zurück.

II.

Marnix im Dienste des Herrn von „Jerusalem".

Auf seiner Reise nach Deutschland, und brieflich vielleicht schon früher, hatte Marnix die Bekanntschaft Friedrich's III. von Kurpfalz, genannt „der Fromme", angeknüpft. Dieser Fürst, katholischen Eltern entsprossen, war durch seine Ehe mit Maria von Brandenburg dem Lutherthume gewonnen, und von seiner eigenen Gemahlin vor dem „tödtlichen Gifte" der Männer aus Genf gewarnt worden.

Seine katholischen Unterthanen wurden des Landes verwiesen, gemäß dem zu Augsburg angenommenen Princip der Toleranz (!): „Cujus regio, illius et religio" — „Wie der Herr, so der Glaube!"

Friedrich schickte „christliche", d. h. lutherische Prediger in alle Frauen=
klöster, nach Liebenau, Himmelskrone, Lorsch u. s. w. damit sie „väterlich"
für das Seelenheil der Klosterfrauen sorgen sollten [16]). Verweigerten
die Klöster, die neuen Lehrer zu empfangen, so wurden ihre Güter con=
fiscirt. Die Thore wurden alsdann gewaltsam aufgebrochen, Kirchen=
schmuck und heilige Gefäße hinweggeführt. Das gleiche Loos traf auch
viele andere Kirchen. Von dem, was Marnix in den Niederlanden
anstrebte, war hier schon längst das Beispiel gegeben. Es konnte ihm
nur gefallen, wie von Obrigkeits wegen die Kirchenschätze allgemach nach
dem Residenzschloß zu Heidelberg zusammengeschleppt wurden.

Allein bald beklagte sich Friedrich bitterlich über die Sittenlosig=
keit und die Trunklust der Fürsten des Evangeliums, über das Gezänke
seiner eigenen Gottesgelehrten hinsichtlich des Abendmahls und anderer
Punkte.

Als er daher diesem Streite eine Zeitlang zugehört, und unterdessen
in zweiter Ehe Amalia van Meurs, die Wittwe des obengenannten Hollän=
ders Heinrich van Brederode, geheirathet hatte, entschloß er sich, unter
Mitwirkung des Genfer Propheten Beza, Marnix' Lehrer, im Jahre 1563,
zum Calvinismus überzutreten und den Heidelberg'schen Katechismus ein=
zuführen, der, nach dem Ausdrucke eines protestantischen Historikers, als
die härteste Verdammungsbulle Andersgläubiger, so je vor und nach der
Reformation ausgegeben wurde, betrachtet werden kann. Alle lutherischen
Theologen wurden verbannt, und jede noch bestehende kirchliche Feier
ihres Bekenntnisses verboten [17]). Diese Zeit ist denn auch eigentlich die des
großen pfälzischen Kirchenraubs, bezw. der lächerlichsten Kirchenschändung.
Alle mit Wandgemälden geschmückten Kirchen wurden geweißt, die Orgeln
verstummten, die letzten zum Gottesdienste nothwendigen Gefäße aus
kostbarem Metall wurden durch zinnerne oder hölzerne ersetzt. So machte
es der Pfälzer, so handelte Christoffel von Würtemberg und mancher
andere deutsche Fürst.

Die Niederländer befolgten nur das gegebene Beispiel. Friedrich
„der Fromme" strebte nach der Gründung eines großen calvinistischen
Reiches, von dem die Niederlande einen Theil bilden sollten. Er verfolgte
diesen Zweck mit „blutiger Strenge" [18]), wie sie in Genf üblich war.

So oft Marnix guten Rath und Hülfe brauchte, richtete er sich an
den Pfälzer, und trat schließlich, wie er selbst gesteht, bei ihm in Dienst [19]).
Er nennt ihn seinen Meister, und handelte später in den Niederlanden im
Auftrage Friedrich's „des Frommen".

Sein erster Gehülfe war ein gewisser Petrus Daten (Dathenus),
ein Mann von feurigem, leidenschaftlichem Charakter. Im jugendlichen
Alter Carmelit zu Ypern, entsprang er dem Kloster und wurde durch die

Gunst Albrecht's von Brandenburg als Prediger der in Frankfurt am Main verweilenden Niederländer angestellt, welche mit vielen Franzosen und Engländern dorthin ausgewandert waren. Streitigkeiten, welche zwischen Calvinisten und Lutheranern ausbrachen, zwangen ihn, die Stadt im Jahre 1561 wieder zu verlassen, worauf er sich an Friedrich „den Frommen" wendete, und bei den Augustiner-Chorherren zu Frankenthal [20]) als Prediger der geflüchteten Niederländer ein Unterkommen fand [21]).

Der Kurfürst ließ seinen Schützling bald mit einem Heere nach Frankreich, bald wieder in die Schweiz, endlich nach den Niederlanden ziehen, wo unter Absingen der von ihm gereimten Psalmen die Greuel der Ikonoklasten vor sich gingen. Er predigte mit großer Leidenschaft-lichkeit zu Gent, zu Brüssel und in Holland. Allein neue Streitigkeiten zwangen ihn zur Rückkehr an den Hof seines Protectors, zur großen Genugthuung des Oraniers, der, wie wir sahen, die Partei der Toleranz gegenüber dem Calvinismus vertrat. Dathenus sollte die Hand dazu reichen, die Niederlande inniger an die Kurpfalz zu knüpfen, d. h. das Vaterland in die Gewalt eines fremden Fürsten zu bringen [22]).

Wie Münster durch Johann van Leiden, wie Straßburg zur Zeit von Calvin's dortigem Aufenthalt, so wurde jetzt Heidelberg ein „neues Jerusalem" genannt, aus welchem alles Heil für die „Kirche Gottes" hervorgehen sollte, und zwar in Verbindung mit den Synoden zu Wesel und Emden, deren Seele und Leiter Marnix war.

Aldegonde schrieb im Anfange seines Aufenthaltes zu Heidelberg ein Gedicht zu Ehren der kurz vorher verstorbenen gelehrten Italienerin Olympia Fulvia Morata, welche man die „Sappho der Reformation" nennt. Diese Dame hatte in dem neuen Jerusalem den katholischen Glauben abgeschworen. Ihre Werke waren im Drucke verbreitet.

Bald nachher wurde Marnix mit Daten von Friedrich nach ver-schiedenen Ortschaften an den Grenzen der Niederlande geschickt, um geheime Versammlungen oder öffentliche Predigten zu halten. Die Stadt Wesel wurde damals „die Mutter der Geusen" genannt, weil sich dort ein Sammelplatz für die Aufwiegler gegen die kirchliche Autorität und die spanische Herrschaft gebildet hatte.

Indessen war der Prinz von Oranien auf alle Mittel bedacht, um den Aufstand weiter zu schüren. Dazu schien es ihm nothwendig, daß derselbe nicht nur den äußern Schein eines legitimen Widerstandes gegen die Gewaltmaßregeln Alba's bewahrte, sondern auch in religiöser Hinsicht ein Streben nach Toleranz zur Schau trüge.

Wilhelm suchte nur große Gewaltstreiche zu vermeiden und wollte dem Calvinismus auch keinen Vorschub leisten, wodurch er auf jede Mit-wirkung des Auslandes für seine politischen Grundsätze hätte verzichten

müssen. Bald aber zeigten sich die Umstände mächtiger als die Mäßi
keitspläne des bewanderten Diplomaten.

In Friesland hatten sich, mit Wilhelm's Genehmigung, einige Hun
derte kühner Männer jeden Schlages unter dem Namen der „Wasser
geusen" in der Absicht verbunden, unter einem geschickten Führer an
der westlichen Küste der Niederlande Propaganda für die neuen Ideen zu
machen.

Bald zeigte sich aber, daß Wilhelm sich in den Bestrebungen dieser
Wassergeusen geirrt hatte. Ausschließlich auf Beute erpicht, plünderten
sie an den Mündungen der Ems, an der deutschen und englischen Küste,
segelten, von dort vertrieben, südwärts an den niederländischen Gestaden
entlang, einen Theil der Maas hinauf, nahmen dort mit einem geschickten
Handstreich das Städtchen Brielle am 1. April des Jahres 1572 und
veranlaßten den grausamen Tod mehrerer Geistlichen, welche trotz des
gegebenen Wortes aufgehängt wurden, und in der Geschichte unter dem
Namen der „Märtyrer von Gorkum" bekannt sind.

Nun flammte in den von Wilhelm längst bearbeiteten Städten der
Provinzen Holland und Seeland in rascher Folge die Empörung auf,
und sah der Prinz sich schneller, als er gewollt, zum öffentlichen Auf=
treten gezwungen.

Marnix aber fiel die Aufgabe anheim, ihm als Vermittler zu dienen,
um leichter zwischen den Parteien durchsegeln zu können. Auf den
19. Juli 1572 wurde eine Versammlung der Staaten nach Dortrecht
zusammengerufen, und viele Städte hörten auf die Stimme Wilhelm's,
der den früher preisgegebenen Titel „Statthalter Seiner Majestät" wieder
aufgenommen hatte.

Marnix, durch Wilhelm in diese Versammlung abgesendet, forderte
Gelder zur Verfügung des Prinzen, um zum zweiten Mal ein Heer gegen
Alba aufzustellen. Wilhelm hielt sich aber wieder schlau von dieser Ver=
sammlung zurück und trieb die Doppelzüngigkeit so weit, daß der eng=
lische Gesandte Walsingham meinte, Oranien wolle sich mit dem Herzog
von Alba verständigen[23]). Die Staaten entschlossen sich zu der Unter=
stützung. Kirchen= und Klosterkassen sollten zu diesem Zwecke in Anspruch
genommen werden, insofern sie überflüssige Kostbarkeiten und Geld inne
hatten[24]). Der Magistrat ward berufen, ein Inventar aufnehmen zu lassen.
Ferner proclamirte man, wie früher im Geheimen schon in der Ver=
sammlung zu St. Truiden (S. Trudo), die freie öffentliche Ausübung
der reformirten, d. h. der calvinistischen Religion neben der katholischen.

Die Noth vereinigte auf diese Art die beiden Männer mit ihren
verschiedenen Glaubenslehren. Sie sahen eben ein, daß sie einander
brauchten!

Es fällt nicht in's Gewicht, daß Marnix bei dieser Gelegenheit behauptete, er habe nur auf dringende Bitten des Oraniers den Hof von Adelberg verlassen und sich den Interessen des Prinzen gewidmet, der ihn zur Erreichung seines Zieles für unentbehrlich hielt.

Im Auftrage Wilhelm's reiste Aldegonde jetzt nach Harlem und löste dort gewaltsam den städtischen Rath auf, welcher den dem Könige geschworenen Eid nicht hatte brechen wollen. Er wurde nun zum Befehls-haber von Delft, Rotterdam und Schiedam ernannt, pflückte aber als Heerführer nur spärliche Lorbeeren. Seine Kriegspläne scheiterten, er selbst wurde von dem spanischen Gegner gefangen genommen.

Jetzt kam er auf andere Gedanken hinsichtlich der Rolle, welche er in den Niederlanden zu spielen habe. Meinte er vielleicht, Wilhelm neige nicht genug zur „Kirche Gottes", und hielt er darum ein Zusammen-wirken mit Friedrich von der Pfalz auf die Dauer für unmöglich? Oder war es Mangel an Hingebung an die Sache der Revolution und per-sönliches Interesse, was ihn leitete? ... Genug, er zögerte im Gefängniß nicht, sich den Spaniern (so unglaublich es auch lauten mag) als Ver-mittler und Unterhändler zwischen dem Könige und dem Ora-nier anzubieten. Er spornte sodann Wilhelm wiederholt zur Been di-gung des Widerstandes an, als wäre es ernstlich gemeint, was er oft im Namen des Prinzen wiederholte: er streite nur im Interesse des Königs von Spanien (ten baoto don coninc van Hispangion).

Man tauschte endlich Marnix gegen einen bedeutenden spanischen Heerführer aus. So kam er frei, und hatte, wie sein Biograph und Lobredner Quinet sagt, „das Schaffot betrogen".

Dies geschah Mitte October 1574, während die Bevölkerung der Stadt Leiden noch kurz vorher unter Hungersqualen die Belagerung der Spanier ausgehalten hatte.

III.

Marnix als reisender Diplomat und Brautwerber.

Marnix' Betragen wäre freilich eine Veranlassung zu erneutem Bruch mit Wilhelm von Oranien gewesen, hätte dieser nicht seinerseits seinen begabten „Freund" durchschaut und mit einer gewissen Hochherzig-keit seine Augenblicke des Schwankens entschuldigt. In der That waren das Talent und der Einfluß von Marnix zu groß, als daß Wilhelm ihn zur Ausführung seiner Pläne leicht hätte entbehren können. Dazu kam,

daß Marnix wegen seiner Leidenschaftlichkeit Wilhelm als Gegner gefähr=
licher erscheinen mußte denn als Freund.

So geschah es auch, nachdem Leiden für die nationale Sache
erhalten war, daß Wilhelm dort „im Namen des Königs" auf einem
blanc-seing, deren er noch einige aus frühern Tagen aufgehoben hatte,
eine calvinistische Universität in den Gebäuden der geplünderten Klöster
stiftete und Marnix beauftragte, nach Heidelberg zu reisen, um einige
Lehrer für die neue Anstalt zu gewinnen. Die Annäherung Wilhelm's
an die Calvinisten wurde immer größer. Das Nebelbild der Toleranz
verschwand allmälig vor der kalten Wirklichkeit und dem Zwange der
Umstände; waren es doch hauptsächlich Calvinisten gewesen, welche nach
der Einnahme Brielle's den Aufstand fortsetzten.

Wilhelm beobachtete fortwährend eine gewisse Mäßigung und hielt
eine zeitweilige Abwesenheit Aldegonde's für rathsam. Er schenkte ihm
sogar geflissentlich ein gewisses persönliches Vertrauen und rechnete darauf,
er werde einen ihm gewordenen Auftrag gewissenhaft ausführen, beson=
ders wenn er den Ideen Friedrich's von der Pfalz nicht widerstrebte.
So wurde Marnix mit der Sendung betraut, dem Oranier eine zweite
Gemahlin zuzuführen, und Friedrich selbst um seine Vermittlung
angegangen.

Der Prinz war damals noch nicht von seiner ersten Gemahlin,
Anna von Sachsen, getrennt, obgleich diese ihn „wie einen Hund" behan=
delte und noch manche andere schlimme Dinge ihr zur Last gelegt wurden.
Wilhelm hatte durch die Beibehaltung dieser Frau die deutschen
Fürsten schonen wollen. Allein es schien, daß er von diesen keine that=
kräftige Hülfe erwarten konnte. Er beschloß also, sich Frankreich mehr
zu nähern. Die Bartholomäusnacht fiel störend in diese Pläne ein;
denn der französische Hof hatte sich dadurch den Schein eines Protestanten=
Verfolgers aufgeladen, von dem die Niederländer kaum etwas hoffen
konnten.

Obgleich Wilhelm's Adlerauge weiter sah, mußte er doch die Gele=
genheit abwarten, welche sich jetzt in der Ferne ankündigte. Er faßte
den Entschluß, Charlotte von Bourbon, die calvinistische Tochter des
Herzogs von Montpensier, zu ehelichen, und Anna von Sachsen zu ver=
abschieden (!).

Charlotte war dreizehn Jahre lang Aebtissin der Frauenabtei von
Jouare im südlichen Frankreich gewesen und hatte in dieser Zeit hin=
reichend bekundet, daß sie zum Klosterleben nicht den geringsten Beruf
habe. Es wird sogar von einem geheimen Briefwechsel mit dem Oranier
gesprochen, der den Entschluß in ihr gereift zu haben scheint, mit andern
Schwestern dem Kloster Lebewohl zu sagen, nach dem „neuen Jerusalem"

zu fliehen, sich dort für den Calvinismus zu erklären und mit Marnix zusammenzutreffen.

Allein die Sache war nicht so leicht, wie man dachte. Wilhelm wagte es noch nicht, Anna an ihren Vater zurückzuschicken, und ging mit dem Gedanken um, sie vorläufig einzusperren (emmurer)[25].

Marnix war indessen nach Deutschland abgereist und hatte wohl vor, die Ehescheidung am sächsischen Hofe zu plaidiren. Er reiste aber noch weiter, und zwar nach Polen.

Was die Veranlassung zu dieser Reise gewesen sein mag, darüber lassen die Quellen uns im Stiche; doch wir können das Geheimniß auf indirectem Wege etwas lüften.

Im Jahre 1573 starb dort König Sigismund August, unter dessen Regierung der Calvinismus bis zum Hofe vorgedrungen war. Einige calvinistische Höflinge wußten jetzt ihren Einfluß so sehr geltend zu machen, daß man sich entschloß, einen Prinzen auf den Thron zu bringen, welcher vorher den Schutz der Calvinisten eidlich versprechen sollte. Heinrich von Anjou, der dritte Sohn Catharina's von Medici, war der Auserwählte. Einige polnische Edelleute reisten nun nach Frankreich, um ihm, dem Bruder König Karl's IX., den polnischen Thron anzutragen. Die Herren wurden in Paris, den Intriguen Catharina's von Medici zufolge, glänzend empfangen, obgleich die Bedingungen der Thronbesteigung noch nicht festgestellt waren.

Heinrich hatte keine Lust auf die Wünsche seiner Mutter einzugehen, und suchte eine Ausrede, um dem ehrenvollen Antrage auszuweichen.

An der Spitze der Gesandtschaft stand der Edelmann Sborowski, der in Polen eine calvinistisch-französische Partei gegenüber einer mehr katholisch-österreichischen vertrat[26].

Er war ein energischer Prophet des „reinen Evangeliums" und wollte Heinrich zwingen, zu beschwören, daß er als König der kleinen Zahl Calvinisten gleiche Rechte mit seinen künftigen katholischen Unterthanen gewähren würde.

Heinrich verweigerte den Eid. Sborowski spannte nun stärkere Saiten auf und schrie dem Herzog wüthend zu: „Jurabis aut non regnabis" („du sollst schwören, oder nicht regieren")! Heinrich, unter dem Zwange seiner Mutter, gab endlich nach, und reiste kurz darauf nach Polen ab[27].

Während so Catharina ein freieres Feld für ihre Herrschsucht in Frankreich gewann, wurde es dem jungen 22jährigen Könige von Polen unheimlich zu Muthe. Er entschloß sich, den Gründer des calvinistischen

2*

„Jerusalem" über etwaige Verhaltungsmaßregeln in seinem Königreiche zu Rathe zu ziehen, und reiste nach Heidelberg.

Natürlich ertheilte Friedrich ihm manchen weisen Rath und rief besonders die Erinnerung an den Admiral von Coligny in ihm wach, dessen großer Verehrer der Kurfürst war. Aber gerade diese Erinnerung scheint auf den jungen König einen entgegengesetzten Eindruck gemacht zu haben.

Kaum hatte er den Thron bestiegen, da schloß er sich ein, zeigte sich kaum seiner nächsten Umgebung, und in einer gewissen Nacht, als die Todesnachricht seines Bruders, des Königs von Frankreich, ihn erreichte, reiste er ab, verschwendete auf einem Umwege in Italien großartige Summen und bestieg darauf den französischen Thron.

Als man in den Niederlanden vernahm, wie traurig der Polen-könig seine Unterthanen ihrem Schicksal überlassen habe und daß er nach Frankreich zurückgekehrt sei, wurde Marnix von Wilhelm beauftragt, nach Polen zu reisen, den pfälzischen Kurfürst zu besuchen und Charlotte von Bourbon zu entführen. Letzteres konnte unter dem Vorwande geschehen, Professoren für die erwähnte neu zu gründende Universität Leiden zu gewinnen.

Friedrich war der Ansicht, daß man in steter Verbindung mit dem französischen Hofe, als dem Erzfeinde Spaniens, bleiben solle. Und wirklich sehen wir Marnix von nun an eifrig bemüht, die Interessen des Hofes für die calvinistisch-niederländischen Zustände zu erwecken. Aber zuerst rieth ihm der Kurfürst, wohl in Uebereinstimmung mit dem Plane Wilhelm's, sich zugleich nach dem polnischen Hofe zu begeben, im Interesse der Ausbreitung der „Kirche Gottes".

Um die gleiche Zeit erklärte sich Wilhelm von Oranien öffentlich für die Pläne Friedrich's, Sborowski's und Marnix', und schwor sein früheres Ideal der Toleranz oder der Gleichgültigkeit in Glaubenssachen feierlich ab. Allein seine Lage in den Niederlanden war eine so verdrießliche, und die Parteikämpfe wurden mit so zweideutigen Siegen gekrönt, daß Marnix dem Prinzen rieth, das Land zu verlassen und in anderer Gegend für die Freiheit und den Calvinismus zu wirken. War dazu Polen nicht wie ausersehen? . . .

Marnix arbeitete also im Verein mit dem Pfälzer auf diesen Plan hin.

In Krakau angekommen, unterließ er nichts, um nach Kräften Wilhelm's Lob zu verkünden und seine Politik in ein glänzendes Licht zu stellen. Es entstand daraus ein Briefwechsel mit den Niederlanden, ganz nach dem Wunsche des Kurfürsten[28]).

Verließ Wilhelm das Land, so würde, meinte Marnix, am besten der Beweis geliefert werden, daß er nie aus persönlichem Ehrgeiz gehandelt und nie das Ansehen der königlichen Majestät zu beeinträchtigen gesucht habe (que vous n'avez oncques (nie) désiré de rien empiéter sur la majesté du Roi). Wilhelm würde außerdem ein viel glücklicheres Leben führen können [29]).

Dazu kam noch der weitere Grund, daß Charlotte von Bourbon nicht ganz beruhigt war hinsichtlich der einzugehenden Bigamie, und vielleicht die Aussicht auf eine Königskrone die letzten Gewissensscrupel beschwichtigen möchte; denn die persönliche Erscheinung des Oraniers war noch nie in Rechnung gekommen, sie hatte ihn ja nie gesehen.

Wie dem auch sei, der polnische Thron wurde von dem Oranier nicht bestiegen, aber auch das Streben nach dem souverainen Fürstentitel gab Wilhelm nicht auf, obgleich er 1573 noch behauptete, er habe „die Souverainität" abgewiesen [30]).

Andererseits war der Vater Charlotte's noch gar nicht mit dem Entschlusse seiner Tochter ausgesöhnt, schickte vielmehr den Präsidenten de Thou nach Heidelberg, um sie vom Kurfürsten zurückzufordern. Friedrich aber lieferte das Fräulein nicht aus, und Marnix wendete vor, er habe mit der Sache gar nichts zu schaffen und sei nur wegen der Universität Leiden nach Heidelberg gekommen.

Indessen heirathete er Charlotte ad interim für den Prinzen, wagte aber nicht, mit ihr über Belgien nach Holland zu reisen, zog vielmehr nach Emden, dem nördlichen „Sion", von wo aus zwei wohl ausgerüstete Kriegsschiffe Charlotte in sichern Hafen führten.

Am 21. Juni 1575 wurde die Ehe in Brielle vollzogen.

Den Herrn von Aldegonde erwartete jetzt eine neue Mission; denn der französische König schien vorläufig an den Niederlanden kein Interesse nehmen zu wollen.

Marnix sollte nach England reisen, um die Königin Elisabeth für die calvinistische Sache der Niederlande zu gewinnen. Wohl hatte Elisabeth noch am 6. April des gleichen Jahres ihrem „Bruder und Freund" Philipp von Spanien das schriftliche Versprechen gegeben, jeden Förderer des niederländischen Aufstandes vom englischen Gebiete fern zu halten, bis sie wieder „unter den Gehorsam ihres natürlichen Herrn und Fürsten zurückgekehrt wären" [31]). Allein es war ihr damals noch nicht eine gewisse Gewalt über die aufkommende Republik, noch weniger die Souverainität über die ganzen Niederlande angetragen. Jetzt stellte sie sich, wie sie von Anfang des Aufstandes an gethan, ganz zweideutig, und köderte vorläufig Marnix mit einer unbestimmten Antwort, während Wilhelm seinerseits die Sache zu ebnen suchte durch Wegschaffung aller seinen

Plänen hinderlichen Elemente. So löste er, zur hohen Genugthuung von Marnix, mit Gewalt den Rath von Brabant auf.

Im Norden wurde schon von einer Absetzung des Königs gesprochen[31] Allein die südlichen Provinzen waren immer noch mit dem Oranier feindlichen Elementen überfüllt. Von der einen Seite breitete dort die katholisch-monarchische Partei sich täglich weiter aus; mehrere Mitglieder des höchsten Adels kehrten dem Aufstande ganz den Rücken; andererseits erhob sich eine demokratisch-socialistische Partei, welche dem Oranier nicht minder feindlich gegenüber stand.

Wilhelm sah sich nach einem Mittel um, seine Gegner zu befriedigen, ohne das Princip des „cujus regio, illius et religio" aus dem Auge zu verlieren. Eben dieses Princip suchte er, als deutscher Fürst, auf die Provinzen, deren Statthalter er war, anzuwenden. Zu diesem Doppelzwecke verhalf ihm auch die „Genter Pacification" (1576), jener Friedenstractat, zu dessen Abfassung die katholischen adeligen Geschlechter Belgiens am meisten beitrugen. Nur zum geringen Theil war er das Werk der Anhänger Oraniens und Marnix', was durch Schriftsteller, wie Gachard, Goethals, Juste u. A., schon vor mehr als dreißig Jahren festgestellt wurde. Daß die Orangisten und Calvinisten auch hier aus der Noth eine Tugend gemacht, und den Akten der Pacification nicht nachkamen, hat ein anderer Historiker unserer Zeit deutlich erwiesen[33]).

So blieb dieselbe durch das Widerstreben der Gegner ein todter Buchstabe, obgleich den Katholiken ausschließlich in katholischen Gegenden die Cultusfreiheit zugesichert war, und Wilhelm sich vorbehielt, in Holland, Seeland und Utrecht den Glauben nach seiner Façon zu regeln.[34])

Anfänglich und eine kurze Zeit hindurch drang der Prinz auf die Handhabung der Pacification in den südlichen Provinzen, weil er wußte, daß Philipp im Monat Juni 1576 schon vorhatte, seinen Halbbruder Don Juan von Oesterreich mit Truppen nach den Niederlanden zu senden.

Dieser aber würde einen Friedensantrag stellen, welcher weniger der Politik des Prinzen entspräche, den Katholiken vortheilhafter wäre als der Genter Vertrag, und also in den südlichen Provinzen wohl würde angenommen werden.

Diesen Augenblick durfte man nicht abwarten, denn damit würde eine Versöhnung der Parteien in mehr nationalem Sinne zur Unmöglichkeit. Als Don Juan nun kam, dem Geiste der Pacification gemäß handeln wollte und versprach, die spanischen Truppen aus dem Lande wegzusenden, war dies den Häuptern der Revolution nicht recht: man wollte keinen Frieden mit Spanien, sondern die Vernichtung der spanischen Herrschaft.

Damals schrieb der Herr von St. Aldegonde an seinen „Freund" Adrianus Mylius oder van der Mylen, einen Theologen, der, wie Marnix, auf Antreiben des Kurpfälzers Friedrich in die Niederlande zurückgekommen war, um das „reine Evangelium" zu predigen: er habe aus unterschlagenen Briefen, in deren Entzifferung er sehr bewandert war, entnommen, daß die babylonische H . . . (der Papst) mit König Philipp conspirirte, um durch eine Ehe Don Juan's mit Maria Stuart ganz Britannien zu unterjochen. „Allein, es ist nicht zu bezweifeln," so fährt Marnix fort, „daß Elisabeth diese Gelegenheit benützen würde, um den alten Kerl (veternum), welcher ihr so nahe auf dem Halse sitzt (den Spanier in den Niederlanden), zu verjagen".

In Holland wurde Wilhelm's Meinung ganz richtig verstanden. Während man Belgien sich „pacificiren" ließ, griff man in Amsterdam wieder einmal nach den Schätzen des katholischen Cultus, und unter dem Geschrei: „Es lebe Oranien!" wurden Kirchen und Klöster auf's neue geplündert und der Geistlichkeit bedeutet, die Stadt zu verlassen.

Die General-Staaten waren anderer Meinung; sie wollten die Pacification anerkennen, aber zugleich mit Don Juan unterhandeln, denn ein directer Widerspruch bestand zwischen seinem Streben und dem Versprechen der oranischen Partei bis dahin nicht.

Der spanische Feldherr gab das sogenannte „Ewige Edict", wobei er versprach, die Privilegien wieder herzustellen, die spanischen Truppen zurückzusenden, wenn die katholische Religion überall gehandhabt würde. Allein Wilhelm war gleich bei der Hand, ein solches Bündniß zu verhüten, und schickte Marnix ab, um die Kastanien aus dem Feuer zu holen und den Versuch zu machen, die friedliche Gesinnung in der Geburt zu ersticken [35]). Denn Wilhelm dachte weniger an die allgemeinen Wünsche und die Wohlfahrt der ganzen Niederlande, als vielmehr an die Vergrößerung seiner eigenen Macht und der jetzt mehr und mehr calvinistisch gesinnten Provinzen Holland und Seeland. Danach wurde er veranlaßt, die Mission des loyalen Siegers von Lepanto zu verkennen; Marnix aber scheint diesem Streben Vorschub geleistet zu haben, indem er, nach Don Juan's Versicherung, den Inhalt seiner Correspondenz verdrehte.

Die gleichen Waffen, welche von Anfang an zur Aufwiegelung des Volkes gegen jeden spanischen Einfluß gebraucht wurden, sehen wir auch jetzt wieder angewendet, um den neuen Feldherrn zu verdächtigen. Broschüren mit Verleumdungen und Spottliedern wurden nach allen Seiten über das Land verbreitet. Allein was Marnix auch im Namen des Prinzen verkünden mochte, man glaubte ihm nicht [36]); hatte er doch schon ein Mal seine Bereitwilligkeit bewiesen, auf ein Friedensbündniß mit den Spaniern einzugehen, sobald seine eigene Person zu sehr ausgesetzt war.

Wir werden sehen, daß dieser Gedanke fortwährend in seinem Innern schlummerte. Als nun weitere vergebliche Mühe angewendet wurde, um zu einem Verständniß mit Don Juan zu kommen, und die Parteien einander laut beschuldigten, nicht den Frieden sondern Krieg und Verrath im Schilde zu führen, da erklärte sich Don Juan dieser Anfreizung zufolge in Lebensgefahr und bemächtigte sich des Schlosses zu Namür. Sofort schalten ihn die Orangisten einen treulosen Verräther.

Wilhelm bot alles auf, zwischen den Vertretern der Nation und Don Juan das Feuer der Zwietracht zu schüren, und schickte Marnix nach Brüssel mit einem heimlich aufgefangenen Briefe Don Juan's, aus dem Marnix den Verrath des Letztern nachweisen sollte [37]). Allein das Mittel schlug fehl und machte auf die Versammlung einen nur schwachen Eindruck, der ganze Aerger Don Juan's aber fiel auf Marnix zurück [38]). Die größere Zahl der Katholiken stellte sich auf die Seite von Don Juan, so daß Marnix damals in Verzweiflung ausrief: „Die Religion wird gründlich gehaßt .... meine Thaten werden überall verdächtigt ... die Leute scheinen sich lieber in's Verderben zu stürzen, als sich mit uns zu retten" [39]).

Wilhelm wußte sich indessen den Titel eines „Ruwaert von Brabant" zu erwerben, der so viel wie Stellvertreter und Nachfolger des Grafen bedeuten soll. Um seine Gegner zu födern, ließ er zu, daß Matthias von Oesterreich als Gouverneur in das Land gerufen wurde. Aber er hielt den neuen Gouverneur von Verwaltungsgeschäften fern und behandelte ihn als Null.

Die katholisch gesinnte Partei schloß sich um so enger zusammen. Sie erwählte Matthias zum Beschützer, den Grafen von Aerschot zum Statthalter von Flandern. So boten sie Wilhelm trotzig die Stirne. Allein auch die flandrischen Demokraten, an deren Spitze zwei einflußreiche calvinistische Edelleute, Johann van Ydeghem, Herr von Hembyze, und Franz van de Kethulle, Herr von Ryhove, standen, duldeten die Suprematie des Herrn von Aerschot nicht. In Folge dessen wurde dieser am 28. October 1577, mit heimlicher Gutheißung Wilhelm's und seines Unterhändlers Marnix, eingesperrt. Mehrere Edelleute folgten ihm. Wie in andern Städten, in Harlem, Antwerpen u. s. w., wurde auch zu Gent die katholische städtische Regierung entfernt, die Bischöfe von Gent und Brügge aber warf man in's Gefängniß.

Die General-Staaten erhoben sich gegen diese Gewaltthat. Man suchte Wilhelm zu besänftigen, und so kam Aerschot wieder frei. Marnix aber, den man nun für den Urheber dieser Gewaltstreiche hielt, wurde mit verschiedenen Missionen an die äußerste Grenze des Landes, zuerst nach Groningen, dann nach Artois, und schließlich zum Reichstage nach Worms gesandt.

Dort wollte Marnix mit seiner ganzen Beredtsamkeit die Lage der Niederlande und den Charakter Don Juan's schildern. Der Spanier wurde des Verraths und Treubruchs beschuldigt, die Staaten dagegen von ihm gepriesen, daß sie (N. B.!) aus Treue gegen das österreichische Haus Matthias als Gouverneur in das Land gerufen hätten. Allein diese verdeckte Schmeichelei führte zu keinem andern Erfolge, als zur Befriedigung von Aldegonde's Eitelkeit; er kehrte rasch nach Hause zurück und ließ seine schöne Rede zur weitern Verbreitung aus dem Lateinischen in's Französische übersetzen.

Don Juan hatte in Worms Marnix' Einfluß zu neutralisiren gewußt durch die Mittheilung, daß die Niederländer zuerst widerrechtlich den Erzherzog Matthias in das Land gerufen, augenblicklich aber mit den Franzosen und dem Pfalzgrafen Johann Casimir Verhandlungen zu einem Kriege gegen den spanischen König angeknüpft hätten.

Indessen nützten Hembyze und Ryhove zu Gent bis auf's Aeußerste die ihnen gelassene Freiheit aus. Vergeblich warnten Wilhelm und Marnix, die Stadt nicht auf's neue mit Brand und Mord zu überziehen. Denn sie fürchteten nur zu sehr, daß etwaige Gewaltthaten den gänzlichen Abfall der katholisch gebliebenen Wallonen von ihrer Partei zur Folge haben würden! Allen Warnungen zum Trotz stachelten die Rädelsführer das Genter Volk wiederum zu einem Bildersturme und Priestermorde auf.

Petrus Dathenus, der Günstling des Pfälzers und Freund Marnix', trug durch seine Predigten nicht wenig zu dieser neuen Verwüstung bei.

Ein solcher Verlauf der Gent'schen Bewegung war Wilhelm nicht willkommen, denn er spaltete die Parteien, welche vereint dem spanischen Einfluß gegenüber stehen sollten, und rückte die Aussicht, sich mit dem Scheine eines gewissen Rechtes dem spanischen Joche endlich zu entziehen, wieder in die Ferne.

Vergeblich suchte Wilhelm durch ein erneuertes Bündniß aller Parteien zu Brüssel und durch einen sogenannten Religionsfrieden im Juli 1578 einen friedlichen Ausgang. Man versprach damals den Calvinisten den Besitz mehrerer katholischer Kirchen und Klöster [10]). Auch die übrigen Pläne des Prinzen zögerten noch immer, sich zu verwirklichen. Zwar waren die Verhandlungen mit Frankreich und mit Elisabeth von England über abzuschließende Verträge noch nicht abgebrochen. Aber letztere wollte ebensowenig jetzt wie früher in einen Krieg gegen Spanien sich verwickeln, zu welchem gleichwohl der Neid gegen Frankreich sie antrieb.

So that weder die französische noch die englische Regierung einen ent=
scheidenden Schritt in der niederländischen Sache und es blieb Alles
beim Alten.

Endlich schien von anderer Seite dem Aufstande Hülfe zu kommen.
Friedrich III. von der Pfalz hatte das Zeitliche gesegnet. Sein Sohn
und Nachfolger Ludwig war Lutheraner und verabschiedete alle calvi=
nistischen Theologen, starb aber bald und ließ den Thron seinem Bruder
Johann Casimir, einem feuerigen Calvinisten. An diesen wendeten sich
alsbald die Niederländer um Hülfe. Johann hatte kurz vorher einen
Glaubensfeldzug im Interesse der Hugenotten nach Frankreich gemacht
und waren seine Soldaten aus den geplünderten Dörfern von Lothringen
mit reicher Beute nach Hause gekommen⁴¹). Einen ähnlichen Zug nach
den Niederlanden zu unternehmen, war ihnen eine lachende Aussicht, dazu
kam, daß Elijabeth sich überreden ließ, den Fürsten für dieses Unter=
nehmen mit Geld zu unterstützen. Marnix freute sich im Voraus des
Gelingens dieser Sache, und war stolz darauf, sie persönlich eingeleitet
zu haben⁴²).

Er hatte jedoch wieder einmal die Rechnung ohne den Wirth
gemacht, denn es kam Johann Casimir nicht ernstlich in den Sinn, wegen
der „Kirche Gottes" sich von Wilhelm oder von Marnix Gesetze vor=
schreiben zu lassen. Als praktischer Mann ließ Johann sich zuerst von
den Staaten gute Summen vorschießen⁴³) und setzte sich dann zu Gent
mit Hembyze und Ryhove in Verbindung. Mord und Plünderung folgten
seinen Fußstapfen. Wilhelm und Marnix suchten in ihrer Verzweiflung
die Rettung in einem Zerwürfniß der Genter Demokraten mit Johann
Casimir.

Trotz gegebenen Ehrenwortes boten sie den Gentern an, in allen
katholischen Gegenden das „reine Evangelium" zuzulassen⁴⁴), wenn die
Herren nur von ihren Gewaltthaten abstehen wollten. Allein die Genter
trauten der Lockspeise nicht, besonders wollte Dathenus nichts davon hören,
und Johann Casimir erklärte als „Ehrenmann und christlicher Fürst"
er werde die Genter nicht im Stiche lassen.

So kam es, daß das flämische Land abermals rein ausgeplündert
wurde. Die katholischen Kirchen Gents verwandelte man in Ställe und
Casernen. In Brügge wurden drei Mönche lebendig verbrannt. Johann
Casimir und seine Soldaten wurden mit dem Ertrage des Verkaufs der
heiligen Gefäße bezahlt. Nachdem der Pfälzer also gehauset hatte, hetzte
er eine Horde französischer Soldaten gegen die Spanier und ließ zum
Abzuge blasen.

Dabei war die Zwietracht im eigenen Lager der Aufständischen
groß, obgleich man natürlich nicht aufhörte, über Religionsfreiheit zu

reden und zu schreiben. Marnix, scheinbar die Toleranz selbst, und Wilhelm, öffentlich dem Calvinismus huldigend, stritten nicht selten auf's herbste miteinander. Jener warf dem Prinzen die Nachsicht und Lauheit in der Verfolgung anderer Secten vor [45]), seinerseits aber rügte Wilhelm noch immer Marnix' Intoleranz und geistigen Hochmuth [46]). Zum dritten Male ließ der Prinz seinen alter ego nach Deutschland reisen, um auf dem Kölner Congresse von 1579 die Lage der Niederlande im Interesse des Oraniers zu schildern. Wir wollen hier die Beschreibung, welche Marnix von dem Aufstande gab, nicht mit dem wirklichen Thatbestand vergleichen, manches Unrichtige könnten wir daran aussetzen. Begnügen wir uns, die Schlußworte seines Dithyrambus zu citiren; er rief mit eindringlicher Beredtsamkeit in die Versammlung: „Wenn noch ein Tropfen von dem Blute unserer Vorfahren durch unsere Adern fließt, oder noch ein Funken Ehre in unserm Herzen glüht, so werden wir im Nothfalle lieber eines ehrenvollen Todes sterben, als eine so schändliche und verächtliche Sklaverei erdulden" [47]).

Die südlichen Provinzen, vor allen Hennegau und Artois, kehrten sich allmälig wieder dem spanischen Regimente zu, besonders als sie sahen, daß die versprochene politische Unabhängigkeit in weite Ferne rückte und jedenfalls mit dem Verluste der angestammten Religion erkauft werden müßte. Selbst Wilhelm zweifelte an der Möglichkeit, die südlichen Provinzen für seine Pläne zu gewinnen und drang endlich auf den Abschluß der weltbekannten „Utrechter Union", durch welche die Trennung zwischen Nord und Süd geschaffen wurde. Natürlich machte Wilhelm seinen Freund auch für diesen schlechten Tausch verantwortlich. Aber auch so gelang es dem Oranier nicht, als Souverain in Holland, Seeland und Utrecht anerkannt zu werden.

Marnix tröstete sich mit der Ueberzeugung, daß wenigstens der Anfang zur gänzlichen Absetzung des Königs von Spanien gemacht sei, ohne zu ahnen, daß Wilhelm dies später mit dem Tode büßen sollte. Marnix schrieb am 27. März 1580: „Wir setzen den König ab, denn er ist ein geschworener Feind der wahren Religion und des Wortes Gottes. Allein daraus folgern zu wollen: es sei nothwendig, einen Mann zum Fürsten zu erwählen, der zur wahren Religion gehört, ist ungereimt (y aurait des grandes absurdités). Der liebe Gott will dadurch gepriesen sein, daß die Fürsten, welche er aufruft zu seiner Vertheidigung, ihn nicht kennen! ... Aus diesem Grunde, sagt Marnix, darf man die französische Hülfe nicht zurückweisen [48]). Weiterhin bemerkt er, daß Gottes Feinde meistens zu seiner Glorie mitarbeiten müssen, und daß es der französischen Nation schlecht anstehe, daß ihr König und der Herzog Franz von Anjou selbst einen Sardanapal in Wollust überträfen u. s. w. [49]). „Trotz allem müsse man den Herzog als gesetzlichen (légitime) Diener und Stellvertreter Gottes betrachten." Wilhelm ließ die Sache gehen. Anjou kam nun und Wilhelm hoffte, ihn, wie einst Matthias von Oesterreich, als Staffel zu eigener Größe zu verwenden. Es war wieder eine Dame und dies Mal die galante Gemahlin Heinrich's von Navarra, eine Schwester Anjou's, Margaretha von Valois, welche den Grund zu dem neuen Glücke der Niederlande legen sollte. Anjou war auf ihr Betreiben schon im Jahre 1578 unter dem Titel „Beschützer der niederländischen Freiheit" nach den Niederlanden gekommen, hatte aber kein sonderliches Glück gehabt. Sein Heer betrachtete das ganze Unternehmen wie eine Art Streifzug. Es raubte und brannte wie die Andern; als es nichts mehr zu rauben gab, lief es auseinander; die Ueberreste schlossen sich den Demokraten an. Anjou selbst ließ den Namen eines ehr-, charakter- und talentlosen Mannes zurück.

Nun reiste Marnix nach Frankreich, um den Herzog zur Rückkehr zu bestimmen[50]), obgleich Wilhelm's Verwandte und Freunde ihm eifrigst riethen, sich mit den schlüpferigen und betrügerischen Franzosen (les François lubriques et frauduleus) nicht weiter einzulassen[51]) und sich mehrere Provinzen ausdrücklich gegen ein Bündniß mit Frankreich erklärt hatten.

Am französischen Hofe sah Marnix alles rosenfarbig. Der Herzog erschien ihm als ein Mann von reiner und aufrichtiger Treue, mit offenem Urtheil und außerordentlicher Beredtsamkeit begabt, sanften und muthigen Charakters und, obgleich der päpstlichen Religion (religionem pontificiam) angehörig, dem „wahren Evangelium" nicht abgeneigt (verum evangelium non aversatur)[52]). Diesem Auserwählten Gottes wurde die Souverainität der Niederlande angetragen und Marnix war überzeugt, daß „der gute Gott die Sache auf besondere Art also geführt" habe.

Von diesen hohen Gedanken erfüllt, verstieg er sich sogar bis zu dem Plane eines Bündnisses mit Deutschland und England gegen Spanien. Obgleich sich dieser Plan nicht verwirklichte, geschah es doch unter dem Einflusse der englischen Politik, daß am 23. Januar 1581 zu Bordeaux der sogenannte Tractat von Plessis-lez-Tours bestätigt wurde. Die Niederlande wurden dem Herzog von Anjou als „Souverain" angetragen. „Fürst und Herr" sollte er sein, mit den gleichen Würden und Titeln, wie frühere Landesherren solche besaßen. Durch eine besondere Klausel ward jedoch festgestellt, daß Anjou den Prinzen Wilhelm und seine Nachkommen in gerader Linie als „Herrn und Fürsten" der Provinzen Holland, See- land und Utrecht und der dazu gehörigen Landstriche anerkenne; zugleich versprach er, Wilhelm's Größe, wo es auch sei, fördern zu helfen[53]).

Der Oranier leistete das Gegenversprechen, mit keinem andern Fürsten einen Tractat abschließen zu wollen.

Erzherzog Matthias zog jetzt ab. Der König wurde im Juli 1581 abgesetzt. Anjou erschien jetzt zum zweiten Male als „Souverain" in den Niederlanden. In Wahrheit aber ein Souverain[54]), dessen Hände und Füße gebunden waren durch die Anhänger des „reinen Evangeliums", welche ihn nicht umsonst den „Befreier der Niederlande" nannten.

Nach Aldegonde's Meinung sollte, bevor man Anjou huldigte, eine Ehe mit der Königin Elisabeth von England die Freiheit der Niederlande, sowie die Einführung des „reinen Evangeliums" für immer sichern. Franz von Anjou hatte schon längst ähnliche Gedanken gehegt. Aber er war gerade kein schöner Mann. Er hatte krumme Beine, und in Folge einer Pockenkrankheit eine Art Doppelnase, welche durch die Spöttereien Chicot's, des Hofnarren seines Bruders, berühmt geworden war. Außer den Blatternspuren war Anjou's Gesicht auch noch von einer Art Geschwüre, den Zeugen seiner Ausschweifungen, gezeichnet.

Elisabeth's Leibarzt, Dr. Dale, war damals nach dem Festlande gereist, um das Bündniß einzuleiten. Er gab günstige Nachrichten und versicherte, der Herzog würde täglich schöner (more handsome)[55]).

Man fing nun an Liebesbriefe zu wechseln. Dem Herzog ist es, seiner Versicherung nach, weder um Geld noch um politische Macht zu thun, sondern ausschließlich um Elisabeth's Person; ihre Schönheit und Tugend haben ihn entzückt[56]), Geiz und Herrschsucht, schreibt Anjou weiter), seien ihm fremd, und hinsichtlich der Religion würde er sich mit dem Allerwenigsten begnügen[57]). Dazwischen bittet er sie dann wieder um Verzeihung über die freimüthige Aeußerung seiner Leidenschaft[58]). Elisabeth sucht die Sache in die Länge zu ziehen und schenkt ihm ein Taschentuch und eine Nachthaube (coëfe de nuit), wofür er ihr herzlich danken läßt[59]) und blinden Gehorsam (l'obéissance la plus aveugle) verspricht[60]). Während der englischen Heiraths-Unterhandlungen wurde Anjou die Aussicht auf eine andere Heirath eröffnet. Philipp II. trug ihm, wenigstens zum Schein, die Hand seiner Tochter Isabella an[61]). Aber Elisabeth schien jetzt die Ehe beschleunigen zu wollen und gab Erlaubniß, die Verhandlungen weiter zu führen. Trotzdem war es ihr nicht Ernst damit.

Anjou begab sich nach England. Er zählte damals 28, sie 48 Jahre. Elisabeth hatte eine runzelige Haut, rothes Haar, Augen ohne Brauen, ihr Hals war mit dicken Perlenschnüren bedeckt. So bildeten sie ein entzückendes Paar. Bälle und Turniere verherrlichten ihre Begegnung.

Marnix war mit einer Gesandtschaft junger Edelleute frohlockend über den Canal gezogen und schrieb an seinen Freund van der Mylen, alles gehe vortrefflich, Elisabeth sei sterblich in Franz verliebt. Allein er zweifelte anfangs, ob die Ehe bald abgeschlossen werden würde [62]).

Als jedoch Elisabeth dem französischen Prinzen einen Ring schenkte und eine Medaille prägen ließ, auf welcher sie im Gewande der Venus Anjou eine Krone auf die Stirne drückt, zweifelte Marnix nicht mehr und war stolz auf den glänzenden Erfolg seiner Mission.

Es scheine ausgemacht, daß Elisabeth Anjou heirathen und Krieg gegen Spanien führen werde, so lautete der Bericht, der von London nach Antwerpen geschickt wurde.

Dort wie auch in andern flämischen Städten läutete man die Glocken, die berühmten flämischen Glockenspiele ertönten in fröhlichen Weisen, und Kanonendonner verkündete weithin das freudige Ereigniß. Da wurden im letzten Augenblicke die Verhandlungen abgebrochen. Elisabeth wollte sich die Sache weiter überlegen. Was vorgegangen, wußte Niemand. In seiner Correspondenz „à sa belle et divine maîtresse", wie er sie nennt, lüftet Anjou durch gewisse Bemerkungen ein wenig den Schleier, den wir lieber wieder über die Geheimnisse so schöner Seelen fallen ließen.

Genug, Marnix hatte sich wieder einmal getäuscht. Wilhelm war schweigend zu Hause geblieben. Anjou kam nach Antwerpen, wurde am 19. Februar 1582 durch den Oranier mit dem Herzogsmantel bekleidet und der calvinistischen Geistlichkeit vorgestellt, konnte aber bald wahr= nehmen, daß er es Niemand recht machte und buchstäblich zwischen zwei Stühlen saß. Zum Ueberfluß litt er an Geldmangel; der „nervus rerum", die versprochenen Summen, blieben aus. Nun sollte ein Gewaltstreich ihn retten. Unter dem heuchlerischen Geschrei „vive la messe!" („Es lebe die Messe!") rückten seine Truppen im Januar 1583 in die Stadt Antwerpen ein, um sie zu plündern. Es entstand ein blutiger Straßen= kampf, in welchem mehr als tausend Franzosen den Tod gefunden haben sollen. Das war die sogenannte „französische Furie", die weder Calvi= nisten noch Katholiken verschonte.

Als Marnix in solchen Greueln den Stern der geträumten Frei= heit untergehen sah, als er um sich her die Stimmen sich mehren hörte, welche Frieden mit Spanien verlangten und dem Oranier das Bündniß mit dem würdelosen Anjou vorwarfen, als er Wilhelm's Ansehen sinken, sein Leben von feindlichen Kugeln bedroht sah, die, wie er selbst sagt, auch ihm galten, da machte er sich reisefertig und verschwand nach seinem Landsitze West=Souburg auf der Insel Walcheren.

Anjou verließ bald darauf die Niederlande. Er wurde öffentlich als Tyrann und Atheist gebrandmarkt. Bilderstürmer und Demokraten begannen nun wieder an verschiedenen Orten ihr sauberes Handwerk.

IV.

Marnix als Bürgermeister von Antwerpen.

Auch Wilhelm hatte aus Antwerpen entweichen müssen, obgleich sich die Stadt der Utrechter Union angeschlossen hatte. Er suchte nun auf andere Art seinen Einfluß wieder herzustellen, rief Marnix von Walcheren zurück und überredete ihn, das Bürgermeisteramt der Stadt zu übernehmen. Aldegonde that dies; nicht aus Ehrsucht noch aus Uebermuth, sondern aus reinstem Edelmuth, wie er selbst erklärte⁶³).

Am 30. November 1583 trat Marnix sein neues Amt an, doch blieb seine Autorität in Antwerpen eine sehr zweifelhafte. Man konnte ihm nicht vergessen, daß er die Franzosen in das Land gerufen hatte. Dazu kam, daß er nicht über die städtischen Truppen verfügen durfte und nur ab und zu 50 Gulden aus der Stadtkasse für seine täglichen Ausgaben erhielt. Seine Stimme galt im Collegium der Schöffen nicht mehr als die eines Andern. Sowohl die Anführer der Besatzung als die Vorsitzenden der Gilden und Gewerbe wollten sich im Stadtrathe geltend machen und übten eifrig ihr Recht aus, ihre Meinung über alle irgend wichtige Fragen zu äußern. Der Bürgermeister konnte nicht einmal, so schreibt er selbst, das Schließen und Oeffnen der Stadtthore verordnen.

So war seine Lage nicht beneidenswerth, besonders wenn man bedenkt, wie sehr er auch von anderer Seite mit Enttäuschungen zu kämpfen hatte. Seine Bemühungen für die religiöse Umwälzung wurden nicht mehr geschätzt wie früher, die Schriften, welche er gegen die katholische Kirche⁶⁴) herausgegeben hatte, nicht mehr gelesen. Seine in Reime gebrachten Psalmen wurden in den Kirchen nicht benutzt. Er mußte eine Veränderung in seine gegenwärtige Lage bringen, und versuchte sich nun auf dem Gebiete der Kriegführung. Ein geschickter Ausfall auf die Stadt Lier (in der Provinz Antwerpen) sollte seine Befähigung in's beste Licht setzen. Allein der Anschlag mißlang. Nun suchte er Antwerpen durch neue Bauten an einem Damm, dem kouwenstijnsche dijk, zu befestigen — Metzger und Kaufleute lehnten sich dagegen auf. Von keiner Seite kam der erwünschte Erfolg. Marnix reiste darauf nach Delft, zur Taufe eines Sohnes Wilhelm's, des Prinzen Friedrich Heinrich. Das Festmahl wurde in dem zur prinzlichen Residenz umgewandelten Agatha-Kloster abgehalten. Dort schmiedeten die alten „Freunde" wohl neue Pläne zu Unterhandlungen mit Frankreich. Es war zu spät. Am 10. Juli 1584 traf Wilhelm in seiner Wohnung die tödtliche Kugel aus der Hand Balthasar Geeraert's.

Von dieser Zeit an beginnt für Marnix der Untergang seines Sternes. Er hatte seine Anhänglichkeit für notre France (unser Frankreich), wie er wiederholt sagte, weder verloren noch vergessen, und kehrte jetzt zu einem früher gefaßten Plane zurück. Er wußte, trotz des Widerstandes einiger feurigen Patrioten, z. B. des Advocaten von Holland, Paul Buys, es bei den General-Staaten durchzusetzen, daß man wiederum Frankreichs, d. h. Heinrich's III. Hülfe anflehte. Man wollte diesmal sich ganz in die Arme Frankreichs werfen (avec grande et prompte instance) und bot Heinrich III. die Niederlande — Holland, Seeland und Utrecht ein-schließlich — zum erblichen Besitze an. Die Söhne Wilhelm's sollten auf irgend eine Art entschädigt werden. Der wiederholt von uns ange-führte Theodor Juste, gewohnt St. Aldegonde's Thaten mit dem Mantel der christlichen Liebe zu bedecken, muß hier selbst gestehen, daß Marnix über das reine Evangelium das Vaterland vergaß, und auszurufen schien: „Périsse la patrie" („Das Vaterland mag untergehen"), wenn nur die „Kirche Gottes" gerettet wird!

Am 13. Februar 1585 wurde die Souverainität über die Nieder-lande dem französischen König angeboten, der sie aber nicht annahm, sondern der Gesandtschaft wie im Spotte empfahl, ihre Schritte nach England zu lenken.

Unterdessen wurde Antwerpen durch den Herzog von Parma belagert. Im Monat Dezember 1584 hätten an hundert Boote Antwerpen noch mit Korn versehen können. Daran war jetzt nicht mehr zu denken. Die Zufuhr wurde ganz abgeschnitten. Parma ließ eine starke Brücke bauen. Der Versuch des berühmten Ingenieurs Gianibelli, sie durch eine Pulver-ladung zu sprengen, mißlang. Ein zweiter Rettungsversuch, nämlich den obengenannten Kouwenstyn'schen Damm zu durchbrechen, scheiterte durch einen Signal-Irrthum. Parma ließ den Damm wegen seiner Wichtigkeit jetzt noch stärker befestigen. Am 26. Mai 1585 versuchten die Belagerten zum zweiten Male, ihn zu besetzen. Allein in dem Augenblicke, als der Damm durch die Antwerpener und Seeländer eingenommen schien, hielt Marnix, der einen Theil der Truppen anführte, es für zeitgemäß, in die Stadt zurückzukehren.

Schon verkündeten dort die Glocken den glücklichen Ausgang des Unternehmens. Schon beglückwünschte man Marnix wegen seines Muthes, denn nun hielt das Volk die Zufuhr wieder für möglich. Da erfuhr der aufsteigende Jubel den grausamen Rückschlag in der Kunde, die Spanier hätten den Damm wieder in ihre Gewalt bekommen.

Marnix suchte seine Abwesenheit von dem Kampfplatze zu motiviren. Es war umsonst, das Vertrauen war verloren. Herantretende Geldnoth drohte den Sold der Vertheidiger zu kürzen. Die Gilden und die Vereine fremder Kaufleute griffen zu den Waffen. Die Nahrungsmittel nahmen bedenklich ab. Man schlug vor, alle Katholiken aus der Stadt zu vertreiben. Als aber Marnix von Uebergabe zu sprechen begann, da wollten die Calvinisten nichts davon wissen.

Der Herzog von Parma erfuhr durch seine Spione Marnix' kritische Lage und forderte ihn zu einer Unterredung auf. Marnix erklärte sich sofort dazu bereit und schrieb in seiner Antwort an den Herzog unter Anderm: er sei nie der Meinung gewesen, daß es einem Unterthan freistehe, die Waffen gegen seinen Landesherrn zu ergreifen, auch um des reinen Evangeliums willen nicht[65]). In einem weitern Briefe erklärte er, er sei bereit zu gehen, wohin der Herzog, den er für einen loyalen und aufrichtigen Mann halte, es wünsche.

Oeffentlich trat Marnix aber nicht mit diesen Aeußerungen hervor. Dem Präsidenten von Artois, Richardot, Parma's Stellvertreter, bot er an, nicht nur ein Bündniß zwischen Philipp und der Stadt Antwerpen, sondern auch einen Vertrag zu vermitteln, der für das ganze Land gültig wäre, denn er hielt es nicht für unmöglich,· alle Provinzen, Holland und Seeland einschließlich[66]), wieder an den König zu bringen. Das gleiche schrieb er kurz nachher an den Herzog selbst.

Allein Richardot, sowie die Antwerpener Bevölkerung mißtrauten Marnix, der sich endlich gezwungen sah, dem Stadtrathe öffentlich mitzutheilen, wie rathsam er es erachte, mit Parma zu unterhandeln. Als der Rath dieser Meinung widersprach, schrieb der Bürgermeister wieder an Richardot, es möge Parma belieben, ein wenig Religionsfreiheit zu schenken, in diesem Falle würde er ihm wie ein treuer Diener die Hand küssen.

Am 6. Juli 1585 trat Marnix endlich, mit Genehmigung des Rathes, in mündliche Unterhandlung mit Parma, erreichte aber seinen Zweck nicht. Trotzdem er nachdrücklich Parma's Lob verkündete, zogen die Bürger es doch vor, auszuharren. Jedoch Anfang August begann die Stimmung unter den Belagerten zu schwanken. Endlich, am 7. desselben Monats, wurde die Uebergabe unterzeichnet. Am 2. August läuteten die Glocken zu Parma's Einzug. Die ausgeplünderte Kathedrale wurde den Katholiken zurückgegeben.

Marniç behauptete, die Hungersnoth habe die Uebergabe der Stadt erzwungen. Wir haben jedoch gesehen, daß bei den ersten Friedensunter= handlungen, zwei Monate vor der Uebergabe, Marniç ohne Noth dieselbe schon anbot. So dachten auch die Bürger, so später die General=Staaten, deren Mißbilligung groß war. Sie erlaubten ihm nicht, einen Fuß auf holländischen Boden zu setzen. Marniç nahm diese Strafe sehr kaltblütig auf, und schrieb später sogar darüber: „Die Staaten sind sehr zufrieden mit mir gewesen; nur wünschten sie, daß ich mich einige Zeit in der Ent= fernung halten solle (que je me tinsse quelque temps absent)".

Vielleicht war die Abneigung von Wilhelm's Sohn, dem Prinzen= Statthalter Moriç, gegen den Mann, der zur Entfernung seiner Mutter und zur Auflösung ihrer Ehe beigetragen hatte, nicht ohne Einfluß auf diese Strafe [67]. „Marniç von St. Aldegonde fühlte nun allzuwohl, daß für lange Zeit seine Rolle ausgespielt sei." So spricht selbst sein Lobredner Lacroix (Il considérait son rôle comme fini, son oeuvre ajournée pour longtemps). Von allen Seiten trafen ihn die schwersten Vorwürfe. Die Engländer, mit dem Grafen von Leicester zum Beistande der Niederländer von Elisabeth nach dem Festlande geschickt, stimmten in den allgemeinen Tadel ein, welcher Marniç traf. Niemand nahm an, daß Aldegonde vom Anfange der Unterhandlungen an durch Mangel an Lebensmitteln zur Uebergabe der Stadt gezwungen gewesen sei. Parma allein hielt seinen Helden in Ehren. Mit dem Herzog und mit Richardot blieb Marniç in stetem Briefwechsel. Er barg sich eine Zeit lang unter dem Schutze des spanischen Gouverneurs in Antwerpen, während seine Frau und Kinder auf seinem Gute in Seeland verweilten.

Dem spanischen König und Parma schien es, als sei nun der rechte Augenblick gekommen, um durch Marniç' Vermittlung die Insel, d. h. Seeland, zu bekommen.

Eine unlängst durch den bekannten Historiker Kervyn de Lettenhove aufgefundene, aus Spanien an den Herzog von Parma gerichtete Depesche vom 15. September 1585 lobt den Herzog wegen seiner Verhandlungen mit Aldegonde über die Auslieferung Seelands, und ermahnt ihn, Marniç gegenüber kein Geld zu sparen [68].

Indessen reiste Marniç nach Walcheren ab, wo seine Frau Katharina van Eekeren tödtlich erkrankt war. Dort angekommen wurde er durch den Rath von Seeland verurtheilt, sein Haus in West=Souburg nicht zu verlassen, bis die General=Staaten einen Entschluß bezüglich seines Auf= enthaltes gefaßt haben würden.

Die Staaten hatten also von der geplanten Auslieferung der „Insel" Nachricht erhalten und vereitelten Parma's und Marniç' Vorhaben.

Albegonde's Gemahlin starb damals und er verehelichte sich zum dritten Male mit Johanna de Lannoy, Wittwe von Philippotte's Bruder Adrian de Bailleul oder van Belle.

Allmälig wurde er den General=Staaten gleichgültig. Er selbst bemühte sich, seine spanische Gesinnung zu vergessen, konnte aber vorläufig kein neues Staatsamt erhalten.

So lebte er einige Zeit, wie er es seiner Behauptung nach wünschte, in der Mitte der Seinigen, und ließ seiner wiedererwachenden calvinistischen Leidenschaft freien Lauf. Er schrieb einige Aufsätze woraus wir seine damalige Gesinnung ersehen und abschätzen können. Wir theilen hier einen Auszug aus einer kleinen Schrift mit, die den Titel: „Trouhertige Vermaning" („treuherzige Ermahnung") führt. Dieselbe bezweckte, den christlichen Gemeinden von Brabant, Flandern, Hennegau u. s. w., welche noch „unter dem Kreuze sitzen," d. h. welche noch unter den Katholiken wohnen, weise Verhaltungsmaßregeln zu ertheilen.

Indem er kurz den Fortgang des Calvinismus in den Niederlanden beschreibt, und sich über den Mangel an Ausdauer und Ueberzeugung bei den Calvinisten beklagt, ruft er aus:[63] „Das heilige Evangelium und das Königreich Gottes haben sich schnell wie der Blitz über die Niederlande verbreitet, sind aber auch wie ein Blitz verschwunden."

Zur Charakteristik der katholischen Kirche übergehend behauptet er: „Die Päpste und Cardinäle sind meistens leibhaftige (vermenschende) Teufel oder thierische Mißgeburten und Monstra." Der Papst sei die babylonische H..., welcher man nicht zu Füßen fallen soll. Im Falle die Brüder (die Calvinisten) unter den Finsterlingen in drohenden Gefahren (sware peryckelen) leben, sollen sie Acht geben, daß sie sich „mit den babylonischen Gefäßen nicht beschmutzen," und „nichts Unreines berühren, damit sie weder den Namen noch das Zeichen der babylonischen H..., empfangen."

Etwas Galgenhumor schimmert durch den Satz, in welchem Marnix sagt, nur derjenige sei ein rechtes Kind Gottes, der allen Gütern entsagt. „Denn," so spricht der h. Lukas, „wer die Hand an den Pflug legt und umschaut, ist Gottes nicht würdig."

Bekanntlich befand sich Marnix, seiner Versicherung nach, öfters in großer Geldverlegenheit und hatte seiner Zeit selbst den Pflug in die Hand genommen. Der Satz entsprach also unwillkürlich seiner eigenen Zwangslage.

V.

Marnix' letzter Versuch, die Niederlande zu „befreien".

Dieses idyllische Leben war wirklich ein gezwungenes. Ein so thatendurstiger Geist, wie der des Marnix, konnte es unmöglich lange ertragen. Er sehnte sich nach geistiger Aufregung und fand diese bald. In jener Zeit fielen verschiedene Briefe, welche König Philipp an niederländische Edelleute geschrieben hatte, durch Unterschlagung mehr als durch Zufall in unrechte Hände, und wurden dem schriftgewandten Marnix zur Entzifferung übergeben. Dieser legte ihren Inhalt so aus, als ob Philipp nicht nur neue Maßregeln zur Unterwerfung der Niederlande ergreifen wolle, sondern auch feindselige Pläne gegen England und Heinrich von Navarra schmiede, welcher um jene Zeit die Nachfolge auf den Thron des h. Ludwig sich zu erstreiten suchte.

Auf Grund dieser Correspondenz unternahm Marnix wieder ein Mal eine Reise nach England. Ein gewisser Don Antonio von Portugal, Großprior der Malteser Commenthurei von Crato, ein Abkömmling König Emmanuel's des Großen, schien ihm nämlich damals die geeignete Person, einen Krieg gegen Philipp zu unternehmen, um das Reich seiner Väter wieder zu erobern.

Diesen Gedanken hatte Marnix dem ehemaligen englischen Gesandten am Pariser Hofe und jetzigen Staats-Secretair Walsingham als sehr vortheilhaft für die englische Politik dargestellt, da ein portugiesischer Krieg König Philipp nothwendigerweise von andern, England feindlichen Plänen abhalten müsse [70]).

Man kam in Folge dieses Gedanken-Austausches zu dem Beschlusse, einige Kriegsschiffe auszurüsten, um Don Antonio in seinem Vorhaben zu unterstützen.

Elisabeth aber widersetzte sich energisch dem abenteuerlichen Plane. Als jedoch bald darauf, im Jahre 1588, die spanische Armada oder „unüberwindliche Flotte" an der englischen Küste von Stürmen zerstreut und zu Grunde gerichtet worden war, nahmen einige englische Edelleute und Glücksritter den Plan, Portugal für Don Antonio wieder zu erobern, abermals auf. Letzterer hatte bereits früher in einem eigenhändigen Schreiben an Marnix den Gegenstand besprochen.

Ist es da nicht mehr als wahrscheinlich, daß Marnix durch die Reise nach England bezweckte, den Vermittler für die dortigen Freiwilligen zu spielen, welche in der Stärke von 20,000 Mann als eine Art Freibeuter, ähnlich den Wassergeusen, dem Zuge sich anschließen wollten? Der Plan war jedoch mangelhaft angelegt und scheiterte kläglich in der Aus= führung.

Noch ein Mal warf Marnix sich als politischer Vermittler auf, und trat wieder in fremden Dienst, aber mit noch geringerm Erfolge als früher. Dieses Mal zogen ihn die neuen Dinge in Frankreich an. In der Person Heinrich's von Navarra, welcher als Heinrich IV. den Thron bestiegen hatte, glaubte er endlich den wahren „Gottes= gesandten" gefunden zu haben, den der Herr zum Schutze „seiner Kirchen" auserwählt habe (que Dieu a esleu [élu] pour protecteur d'icelle).

Schon im Anfang der Belagerung von Paris, im Jahre 1590, war Marnix zu dem Bourbonen gepilgert. „Es gefiel dem Könige," so schreibt er von diesem schüchternen Versuche, „mich in die Reihen seiner besondern Diener (particuliers serviteurs, serviteurs domestiques) auf= zunehmen und auf meinen Rath zu hören. Er befahl mir, dieweil ich in Niemandens Dienst stand, mich als seinen Rathsmann zu betrachten." Heinrich schenkte dem neuen Rathsmanne auch 600 Kronen, „damit (so erzählt Marnix selbst) dieser ihn bei dem Prinzen Moritz von Oranien und den General=Staaten empfehlen möge."

Es ist erlaubt, Zweifel in die Festigkeit des allzu locker geschlungenen neuen Freundschaftsbundes zu setzen, dem Marnix offenbar eine größere Wunderkraft zutraute, als Heinrich von Navarra, denn dieser hat sich über die Gefährlichkeit von Marnix' leidenschaftlicher Politik, die leicht seine eigene Lage compromittiren konnte, wohl nie getäuscht.

Albegonde wohnte zu Paris während der Belagerung mit dem Historiker de Thou im nämlichen Hause. Dieser, obgleich ein bestimmter Parteigenosse Navarra's, der Hugenotten und Calvinisten, scheint über den Werth und das Streben seines Hausgenossen ganz andere Gedanken gehegt zu haben, als Marnix selbst sich gestattete. De Thou betrachtete ihn durchaus nicht als einen Auserwählten, dessen Handlungen von der göttlichen Vorsehung besonders geleitet würden, und erklärte gelegentlich, der Herr von St. Albegonde sei zwar ein höflicher Mann, allein er habe sehr schlecht gehandelt, indem er in seinem „Bienenkorb der römischen Kirche" die christliche Religion verhöhnte und beschimpfte [71]) (il a mis la religion en rablaiserie [72]) ce qui est très mal fait). Marnix' Mission bei Heinrich war auch bald zu Ende: der König ließ ihn ziehen.

Seine Rückkehr scheint dem calvinistisch gestimmten Prinzen Moritz willkommen gewesen zu sein. Dieser beurtheilt ihn übrigens nach seinem richtigen Werth; so schreibt er z. B., wenn Marnix auch König Heinrich's Privatdiener sei, so würde es ihm doch leicht werden, „zwei Herren zu

bienen" (être particulierement au Roy et cependant qu'il s'obligeat
a son [Moritzens] service).

Marnix lebte in solcher Selbsttäuschung über seinen eigenen Werth,
daß er damals zuversichtlich hoffte, Heinrich würde ihn nach Frankreich
zurückrufen. Er schrieb darüber an einen Freund, er würde „die gute
Gelegenheit mit beiden Händen erfassen". Die „gute Gelegenheit" kam
jedoch nie wieder.

Eine andere Gelegenheit, sich im Auslande auszuzeichnen, ging
ebenfalls für ihn verloren. Johann Georg von Anhalt [73]), der Aelteste
von 16 Geschwistern, deren Vater sein ganzes Vermögen verzehrt hatte,
forderte Marnix auf, ihm bei der Ausbreitung des „reinen Evangeliums"
durch die Waffen behülflich zu sein.

Marnix griff auch hier mit beiden Händen zu, aber seine Bedürf-
nisse und Ansprüche überstiegen die Mittel des Johann Georg, und der
erhabene Kreuzzug wurde von des Schicksals kalter Hand bereits vor seiner
Entwicklung verrnichtet.

Nun hatte Marnix wieder eine Frage von zarterer Beschaffenheit
zu lösen. Er wurde zum zweiten Male Brautwerber. Johann Casimir
von der Pfalz hatte, wie wir wissen, nach dem Tode seines Bruders Ludwig
für dessen Sohn die Pfalz regiert und mit Hülfe des berüchtigten Genter
Demokraten Johann van Hembyze auf's neue calvinisirt. Als sein Neffe
Friedrich 17 Jahre alt war, verlobte man ihn mit der 16jährigen
Luisa Juliana von Nassau, der ältesten Tochter Wilhelm's von Oranien
und dessen dritter Gemahlin Charlotte von Montpensier.

Marnix sollte das Fräulein nach Dillenburg führen, um in alt-
hergebrachter Weise im Hause des Nassauers die Hochzeit zu feiern.
Natürlich betrachtete er die Ehe als einen neuen Fortschritt für die
„Kirchen Gottes", denn Luisa war streng calvinistisch erzogen. Hembyze
und Ryhove waren ja auch zu ihrer Taufe eingeladen gewesen [74]).
Friedrich, der vierte seines Namens, wurde dann auch wirklich ein dankbarer
Anhänger der Marnix'schen Kirche Gottes. Er blieb sein Leben lang
ein Erzfeind des „römischen Antichrist und aller Teufel der sophistischen
Greuel", wie er selbst betheuert. Seine Zeitgenossen versichern, er sei
ein Meister im Schwören und Fluchen und unübertroffen in allen Aus-
schweifungen gewesen. Er erlag, 35 Jahre alt, einem Schlaganfalle in
Folge starken Trinkens, nachdem er kurz vorher Mitbegründer der pro-
testantischen Union geworden war; man gab ihm den Ehrennamen des
„Schwertes Gottes". Das war Marnix' letzte große politische That.

Am Ende seines Lebens hatte er noch von dem Undank und der
Mißgunst des Prinzen Moritz zu leiden, bevor er die Ruhe an

anderer Stelle (Repos ailleurs, wie sein Wahlspruch lautete) erst finden sollte.

Schon lange hatte er über Luther's Bibel=Ueberjetzung geklagt. Er behauptete, keine Ueberjetzung habe sich von dem Sinne des hebräischen Textes weiter entfernt, als diese, und aus einer so fehlerhaften deutschen habe man eine niederländische Ueberjetzung angefertigt. Marnix hatte bekanntlich in Genf Hebräisch gelernt, und später die Psalmen aus dieser Sprache übertragen. Auch sonst ist es nicht zu verwundern, daß er eine derartige literarische Thätigkeit sich wünschte. Nach allem, was ihm widerfahren, sehnte er sich nach Ruhe. Sein Leben war eine fast ununterbrochene Reihe von Enttäuschungen gewesen. Als Feldherr hatte er keinen Glanz erringen können; als bürgerlicher Beamter waren Schmach und Spott sein Lohn; als Diplomat machte er ein ganz klägliches Fiasco; oft war er seines Lebens nicht sicher. Als Brautwerber hatte er zwar einen verhältnißmäßig guten Erfolg; aber aus der Natur seiner Werbungen selbst erwuchs ihm das erste Mal, wie wir bereits sahen, die Abneigung der Kinder der verstoßenen Gemahlin Wilhelm's und der Haß des Herzogs von Montpensier, des Vaters der entführten Charlotte.

Im zweiten Falle bleibt es doch zweifelhaft, ob Luisa Juliana seiner Vermittlung eine unentwegte Dankbarkeit bewahrt habe.

Man begreift also, daß er sich nach einem wenig gefahrvollen andern Wirkungskreise sehnte. Es gelang ihm in der Bibelfrage die General=Staaten zu veranlassen, ihm und seinem Freunde Daten die Ueberjetzung der Bibel anzuvertrauen. Der letztere hatte gleichfalls schon eine Ueberjetzung der Psalmen verfaßt, die, obgleich hauptsächlich nach dem Französischen des Clement Marot bearbeitet, und in jeder Hinsicht geringer als die Bearbeitung des Marnix, fast überall bei dem calvinistischen Gottesdienst eingeführt war.

Natürlich dachte Marnix nicht ernstlich an eine Mitarbeiterschaft, die ihm nur die Furcht einflößen konnte, auf's neue überlistet zu werden. Er entledigte sich darum bald des unbequemen Daten's und ließ sich ausschließlich mit der Ueberjetzung beauftragen, an welcher er in frühern Jahren schon gearbeitet hatte [75]).

Inzwischen war er nach Leiden gezogen und hatte sich in der Mitte der calvinistischen Gelehrten, froh seiner endlich gewonnenen Ruhe, niedergelassen. Aber, o Schrecken! kaum hatte er die Genesis fertig gebracht, da unterbrach der Prinz seine Arbeit und sendete ihn nach dem Fürstenthum Oranien, um die Rechte des Hauses von Nassau gegen die Uebergriffe des Verwalters Desdiguieres zu vertheidigen. Auch diese Mission blieb, wie die meisten frühern, erfolglos, und „von dort an," schreibt er selbst,

„ging ich unter" (ce voyage d'orange m'a mis soubs le pied et rendu
inutile). Den Heimgekehrten lud Niemand ein, seine Ueberſetzungen wieder
aufzunehmen. Er konnte noch ſeine letzte Kraft einer großen Vertheidi=
gungsſchrift über die hauptſächlichſten Thaten ſeines Lebens widmen, welche
durch den bittern Angriff eines Ungenannten veranlaßt war. Er nannte
ſie: „Response apologéticque de Philippe de Marnix, Seigneur de Mont-
Sainct-Aldegonde à un libelle fameux qui a esté publié en son ab-
sence, sans nom de l'Autheur et de l'Imprimeur: par un certain libertin,
s'attiltrant gentilhomme Allemand, et nommant sondit libelle Antidote ou Contrepoison, etc. auquel l'honneur des Ministres et du
Ministere de la parolle de Dieu estoit prophanement vilipendé" („Apo=
logetiſche Antwort von Philipp u. ſ. w. auf eine berüchtigte Schmäh=
ſchrift, die in ſeiner Abweſenheit anonym und ohne Angabe des Druckers
veröffentlicht wurde durch einen gewiſſen ſchamloſen Menſchen, der ſich
den Titel eines deutſchen Edelmannes gibt, und ſein Pamphlet Antidotum
oder Gegengift nennt u. ſ. w., in welchem die Ehre der Diener und
des Dienſtes des Wortes Gottes entweiht und beſchimpft worden iſt").

Die Schrift erſchien im Jahre 1598 und war den „Herren General=
Staaten der vereinigten Provinzen" dedicirt.

In dieſer Selbſtvertheidigung, welche, ähnlich einer gleichartigen
Wilhelm's von Oranien, vielen Hiſtorikern (NB.!) als eine der zuverläſ=
ſigſten Quellen zur Beurtheilung des Autors erſchien, ſucht Marnix, nach
einer eingehenden Beſprechung ſeiner Hauptthaten, nachzuweiſen, wie die
Verleumdung und die Angriffe auf ſeine Ehre ihn der Ueberſetzung
der Bibel enthöben.

Die geſinnungstüchtigen Verehrer und wehmüthig geſtimmten Lob=
redner unſeres Helden brechen hier vielfach ihre Lebensbeſchreibung mit
den Worten ab: „Bei der Ueberſetzung fiel Marnix ſo zu ſagen die Feder
aus der Hand und ſein ſterbender Mund rief aus: Repos ailleurs!"

Dies iſt ſehr rührend, hindert aber kaltblütige Beurtheilung nicht,
über das zerriſſene Leben des fanatiſchen Mannes hinweg einen Blick
auf ſeine Schriften zu werfen, die von Anfang bis zu Ende durch alle
Epochen ſeines Lebens hindurch den Geiſt der excluſiven calviniſtiſchen
Intoleranz athmen. Dieſe Schriften ſind theils religiöſer, theils poli=
tiſcher Natur, und dienen dem doppelten Ziele, welches Marnix ſich zur
Lebensaufgabe machte: den Calvinismus in den Niederlanden einzubürgern
und ihm alle andern Intereſſen dienſtbar zu machen. Indem ſeine Lob=
redner aus patriotiſchen Bedenken dieſe Ziele ihres Helden, wie oben geſagt,
nicht eingeſtehen wollen, gelang es ihnen, denſelben als einen eiteln
Glücksritter, ſeine Thaten als eine Kette von Widerſprüchen darzuſtellen.

Edgar Quinet allein, der leidenſchaftliche Katholikenfeind, der in Marnix einen Geistesverwandten zu sehen meint, beurtheilt sein Streben richtiger. Er sagt in seinem etwas überschwänglichen Stile: das Volk hatte (NB.!) entdeckt, daß seine Religion sein Feind sei, darum machte sich Marnix zum Lebenszwecke, „nicht allein das Papstthum zu widerlegen, sondern auch es zu entehren; nicht nur es zu entehren, sondern, wie ein altes germanisches Gesetz gegen Ehebruch vorschreibt [76]), es im Schlamme zu ersticken" [77]).

Diesem Streben, den Calvinismus auf eine Sündfluth von Schlamm und Schmutz zu pflanzen, die er über Gottes Garten, die Kirche, ausgoß, blieb Marnix treu bis an seinen Lebensabend. Nur gestatteten die Umstände nicht immer, die Waffen zu zeigen. Darum versicherte er selbst, er habe „nur einen einzigen Zweck verfolgt: das Wohlergehen der Kirche Gottes", d. h. Calvin's und Beza's, seines „Vaters" in Christo". Seine Zeitgenossen aber, so klagt er, verstanden ihn nicht. Daß Wilhelm von Oranien auf die Zerstörungspläne nicht einging, wissen wir. Allein die beiden Männer brauchten einander.

Als Marnix eines Tages verstimmt war über die geringe Zahl der Freunde des neuen Evangeliums, und sich bei Wilhelm über Herunter=
terjetzung seiner Person beklagte, antwortete ihm der kalte, skeptische Prinz mit spöttelnder Rücksichtsnahme auf seinen Fanatismus: „Hören Sie ein Mal, Sanct Aldegonde, für die Kirche Gottes wollen wir uns mit Füßen treten lassen" [78]).

„Als ich dies vernahm," erzählt Marnix, „sagte ich zu Monsgr. dem Prinzen: »Nun Sie sich dazu entschlossen haben, dürfen Sie frei über mich verfügen, zu allem was ihnen beliebt«."

Die Umstände zwangen Marnix zuweilen, in andere Bahnen ein=
zulenken; seinen eigentlichen Zweck verlor er jedoch nie aus dem Auge. Man kann sagen, daß seine ganze politische Laufbahn von einer Spott=
schrift eröffnet und umfaßt wurde, welche auch in der deutschen Literatur durch Fischart's Uebersetzung, bez. Bearbeitung allenthalben bekannt geworden ist. Er gab dieselbe in den ersten Jahren seines Aufenthaltes in Breda heraus unter dem Titel: „Den Byencorf der heylighe roomsche kercke, dit is een clare ende grondelike wtlegginghe des Sendbriefs Meester Gentiani Hervet nu corts wtgegaen int Fransoys ende int Duytsch: Ghescreven aen de afghedwaelde van het Christen Gheloove" („Der Bienenkorb der h. römischen Kirche, eine deutliche und gründliche Erklärung der Missive von Gentianus Hervet kürzlich in französischer und deutscher Sprache herausgegeben. Gerichtet an die Irrenden im christlichen Glauben"); und in Fischart's Uebersetzung: „Bienenkorb des hailigen roemischen immenschwarms, seiner hummelzellen oder him-
melzellen, hurnauszuoester, brēmengeschürm und wēspengedoesz, samt

läuterung der hailigen roemischen kirchen honigwaben, u. j. w. u. j. w., durch Jêsuwalt Pikhart". Nach seinem Tode erschien eine von ihm noch veranlaßte französische Bearbeitung des „Bienenkorbs" unter dem harmlosern Titel: „Tableau des différends de la religion" („Ein Bild der Religionsstreitigkeiten"), von welcher der Herausgeber bezeugt, Aldegonde habe durch dieses Buch bezweckt, den Unterschied zwischen der christlichen Kirche und Satans Synagoge (der röm.=kath. Kirche), zwischen Christus und dem Antichrist, zwischen Gott und dem Papste in's rechte Licht zu stellen.

Durch eine kurze Uebersicht des erstgenannten Werkes, das wahrscheinlich den meisten Lesern unbekannt [79]) ist, dürfte die von mir verfochtene Meinung vollauf bestätigt werden.

VI.

Marnix als Schriftsteller.

Der Byencorf (Bienenkorb), in der letzten Ausgabe ein Werk von 525 großen Octav=Seiten, erschien schon im Jahre 1569, als Marnix kaum 31 Jahre zählte. Es ist ein Erzeugniß bedeutender vielseitiger Geschichtskenntniß, und überrascht dadurch bei einem verhältnißmäßig jungen Manne damaliger Zeit. Zuerst erschien es ohne den Namen des Verfassers; erst später wurde Marnix als sein Autor bekannt. Im 16. und 17. Jahrhundert erschienen davon eine Reihe von Ausgaben; im 18. Jahrhundert nur noch zwei.

Der Verfasser verbirgt sich hinter dem Pseudonym „Isaac Rabonetus van Loven, Licentiat der päpstlichen Rechte". Das Werk ist spöttischer Weise dem neuen Bischofe van Son oder Sonnius von Herzogenbusch, „dem Vater aller neuen niederländischen Bischöfe", gewidmet. Der berühmte Sonnius trat bekanntlich nach Cardinal Granvella an die Spitze der Bewegung zur Umgestaltung der niederländischen Bisthümer. Dadurch gewann die kirchliche Neuordnung die ihr damals höchst nothwendige Unterstützung, und Sonnius hätte statt des Hohnes den Dank der Niederländer verdient durch den Widerstand, welchen er mit vielen seiner geistlichen Collegen gegen die durch den Herzog von Alba ausgeschriebene zehnprocentige Steuer (tiende penning) [80]) leistete. Wie der Titel, so ist das ganze Werk eine Parodie. Sogar die Bibeltexte, welche dutzendweise in dem Werke angeführt werden, erhalten durch Marnix' Feder eine ihrer natürlichen entgegengesetzte Bedeutung. Das Buch ist

reichlich mit Behauptungen ausgestattet, deren Falschheit Marnix zwei=
felsohne nicht einsehen wollte. Die Arbeit soll das Gegenstück der Schrift
eines französischen katholischen Theologen Gentianus Hervet sein, der sich
durch die Uebersetzung griechischer Schriftsteller und mehr noch durch
Vorträge über kirchliche Disciplin auf dem Council von Trient bedeutenden
Ruhm erworben hatte. Als dieser Gelehrte General=Vicar des Bisthums
Noyon wurde und Streitschriften gegen die französischen Hugenotten
drucken ließ, trat Marnix zur Widerlegung gegen ihn auf. Er theilte sein
Werk, nach dem Beispiele des Gegners, in sechs Hauptstücke ein. Das
erste spricht von der Art und Weise, wie man die Ketzer behandeln soll,
die „verbrannt werden müssen". Das zweite Stück erörtert die Kraft
der heiligen Schrift, und versucht nachzuweisen, wie weit die katholische
Lehre von dem Geiste der Bibel abweicht. Das dritte Hauptstück behan=
delt die Beichte und andere Sacramente und verspottet ihre Anzahl.
Der vierte Theil beschäftigt sich mit der Verehrung und „Anbetung" der
heiligen Bilder, der fünfte mit den guten Werken, deren angeblicher Werth
verhöhnt wird; der sechste mit der „Heiligkeit des Papstes und der
Pfaffen". Schließlich wird die Bedeutung des Titels „Bienenkorb" in
beißend witziger Weise erklärt.

Wir wollen gern zugeben, daß mancher historische Fehler in dem
Buche mehr der Unwissenheit als der Bosheit des jungen Verfassers
zuzuschreiben ist, welcher in der Begeisterung für seinen Gegenstand Vieles
kritiklos hinnahm, was seinem Systeme gute Dienste zu leisten schien.
Legen wir also seine historischen Irrthümer nicht auf die Waagschale!
Verargen wir es ihm nicht, daß er z. B. den Zweck des Bildersturmes
unter Leo dem Isaurier*[1]) ironisch als Ehrfurcht des Kaisers vor den
Concilien bezeichnet. Es gehört ja schon ein größeres Maß historischer
Kritik dazu, um einzusehen, daß der Bildersturm nicht nur gegen den
Papst gerichtet, sondern durch die Angst vor den Saracenen, jenem ikono=
klastischen Volke, veranlaßt war, dessen Fanatismus Leo mit Recht fürchtete,
und durch eben diesen Bildersturm zu beschwichtigen suchte.

Wir wollen ihm, der ja nicht alles, was seine spöttische Feder
schrieb, aus den ältesten und reinsten Quellen schöpfte, nicht einmal vor=
werfen, daß er Mathilde von Canossa, die wackere Vertheidigerin der
kirchlichen Freiheit, eine Courtisane Gregor's VII. nannte*[*]). Traurig
genug ist es ja, daß bis auf den heutigen Tag sich mancher Geschichts=
baumeister in gleicher Weise versündigte.

Immer weiter gehend in seinem Hasse, fügt Marnix den heiligen
Namen Jesus und Maria gotteslästerliche Epitheta bei und nennt die
heiligen Jungfrauen „einen Haufen Fräuleins". Natürlich bespöttelt er
auch die plastische Kunst und redet dem Ikonoklasmus das Wort. Sogar

eine Darstelluug verschiedener Abschnitte aus dem Leben des Gottessohnes läßt er nicht zu. „Unsere liebe Mutter (die katholische Kirche) — soll haben: einen Gott mit drei Köpfen, mit drei Gesichtern, einen Gott mit grauem Bart, einen mit gespreizten Fingern, einen andern mit Kleidung und Krone eines römischen Papstes, einen Gott der Barmherzigkeit [83]), einen an's Kreuz genagelten, einen auf einem Esel reitenden, einen auf einem Adler gen Himmel emporsteigenden, ein kleines, nacktes, lachendes Beguinen-Jesulein — ein anderes in der Krippe", u. s. w.

Welcher Greuel wäre Marnix wohl unser schöner Gebrauch, die Bilder geliebter oder verehrter Personen in unsern Gemächern und in öffentlichen Localen aufzuhängen! In welchen Ausdrücken tadelt er nicht Hervet, daß dieser vom „erschaffenen Gott" plötzlich auf die Abbildungen übergeht! [84]) „So fällt er," sagt der Verfasser, (man verzeihe mir das Citat) „plötzlich vom Ochsen auf den Esel," und diesen Ausdruck gebraucht er mehr als ein Mal.

In gleich schmachvoller Weise verhöhnt er das Zeichen des h. Kreuzes sogar bei der Taufe. Er nennt es ein „Lisken Albedryf" (ein allzu rühriges Dienstmädchen, das allerlei Arbeit verrichten kann), einen „Roervink" (eigentlich Brandstifter, hier ein sehr bewegliches Thier). In seiner Gleichgültigkeit erscheinen ihm die Hymnen an das h. Kreuz lächerlich und den Schluß vieler Kirchengebete: „Durch Jesum Christum, unsern Herrn," befleckt er mit dem schändlichen Ausdrucke: „Die Butter (oder „das Gewürz", wie es Fischart bezeichnet), die alles verbessert." Die herrlichen Strophen: „Stabat Mater," „Intemerata," „Ave maris Stella," „Salvo Regina" sind ihm nichts als „liebenswürdiges Geplauder" (liefelycke praetkens) [85]). Maria sei eben sehr ehrgeizig und „verleckert" auf dergleiche Ceremonien, sie wünsche als Himmelskönigin verehrt und an= gebetet zu werden.

Auch das Läuten des Angelus [86]) ist Marnix (wie Mephisto) ein Abscheu. Er hatte keine blasse Ahnung von dem kirchlichen Symbolis= mus. Auch die ascetischen Dichtungen waren ihm ein völlig unbekanntes Gebiet. Den tiefen und sinnigen Tauler nennt er einen „tollen Mönch" (delirus monachus) [87]).

Ein anderes Gebiet, auf welchem Marnix sich stets unbewandert zeigte, ist das des Gehorsams. Verstand er seinen Eltern gegenüber diese Tugend nur wenig, so begriff er noch viel weniger jenen Gehorsam, welcher jedem Christen gegen die Kirche obliegt. Er schildert diese Pflicht also: „Wenn die Kirche etwas vorschreibt, was der h. Schrift widerspricht, soll man der Bibel einen ehrenvollen Passe-port oder ein Begleitschreiben geben." „Wenn sie (der Papst und die Bischöfe) am hellen Mittag be=

haupten, es sei finstere Nacht, so sollen wir dies unmittelbar annehmen, wie einen Glaubensartikel, und schnell zu Bett gehen."

Nichts desto weniger huldigt er unbewußt dem Gehorsam und der Einigkeit, welche in der h. Kirche herrschen. Er vergleicht sie mit einem Bienenkorb, wie der Titel des Buches es andeutet. Die Mitglieder der Kirche, Priester und Laien, sind die Bienen. „Der Bienenkönig," sagt er (der Papst), „hat allerdings einen Stachel, benutzt ihn jedoch selten, weil die Bienen immer bereit sind, seinen Wünschen entgegenzukommen. Sie umschwirren sämmtlich den König und sind ihm wunderlich gehorsam und zu Dienst." „Wo er sich niederläßt, da bildet sich der Stapel des Honigs und die Wabe. Solche, die viele Meilen weit wohnen, finden dort ihre Zuflucht. Wem der König geneigt ist, dem ist der ganze Schwarm befreundet. Verliert man den König, so ist alles leidend," u. s. w.

Dem Verfasser war es wohl unbekannt, daß der h. Bernhard Christum selbst „apis vero quae pascitur inter lllia" nennt, „die wahre Biene, welche sich von den Lilien nährt". Er ahnte nicht, wie in der Revelatio der h. Brigitta von Schweden, aus dem 14. Jahrhundert, Christus von sich selbst sagt: „Ego dominus, Creator omnium, ego sum possessor et dominus apium istarum. Ego ex intima charitate et sanguine meo fundavi mihi alveolum apium, id est, sanctam ecclesiam." („Ich bin der Herr, aller Dinge Schöpfer, ich bin der Besitzer und der Herr jener Bienen. Ich habe aus innigster Liebe und aus meinem Blute mir einen Bienenkorb, d. i. eine h. Kirche gegründet.") Wo von Opfer und guten Werken die Rede ist, lesen wir diesen Satz (in Fischart's wörtlicher Uebersetzung): „Sollte er nit billich die erbsünde samt der ganzen schuld quit schelten, so man in so erlich bezahlt mit wachs (als Beispiel wird die Osterkerze bespöttelt), Schmalz, schmer und Spaichel? So gibt er's ja nicht umsonst" [68]. Im Capitel über die Verehrung der Heiligen (eine Andacht, welche Marnix besonders widerwärtig vorkommt und worüber er sich wiederholt äußert) mißbraucht er die Worte Christi und sagt: „Christus wird beim Weltgericht zu denen, welche den Armen geholfen haben, sagen: „Was ir aim von diesen geringsten getân habt, das habt ir mir getân! Ergo, so wir ainen auß den hailigen anbäten, und an gottes statt verêren, das wird gott also aufnemen, als ob wir in selbs hätten angebêtet."

Die sieben hh. Sacramente sind bekanntlich den Calvinisten ein Stein des Anstoßes [69]. Polemik versteht Marnix nicht im geringsten; einige Witze vertreten jede Discussion. Er sagt ganz einfach: „Wie in den Niederlanden sieben Bischöfe regieren, so gibt es sieben Hauptsünden und sieben Sacramente. Die verschiedenen Bedeutungen des Wortes Sacramentum willkürlich durcheinander werfend, versichert er, es wären eigentlich 77 Sacramente, und gibt bei Besprechung der Ohrenbeichte einige faule Witze und Anekdoten zum Besten, in denen er das Sacrament als einen Stachel zur Sinnlichkeit vorstellt. Seine Bemerkungen über die heiligste Handlung, das h. Meßopfer, sind geradezu ekelhaft. Weiterhin tadelt er die Kirche, daß sie den „h. Augustinus einen Ketzer" nennt; ihm selbst aber ist der Apostel Paulus „Mein Herr St. Paulus", die Kirche, „unsere Mutter die höllische Kirche," die Geistlichkeit „eingeschmierte Pfaffen" und der heilige Vater „Meinjunker der Papst".

Die ganze Reihe der Päpste theilt er in vier Gruppen von je acht Personen. Die erste Gruppe bilden „die Gotteslästerer und Spötter", die zweite die „Unkeuschen, Ehebrecher und sodomitischen Spitzbuben," die dritte „zugreifende Geizhälse und Bluthunde" und die vierte Gruppe „die Zauberer, Schwarzkünstler und Giftmischer". Natürlich müssen auch die heiligsten und gelehrtesten Häupter der Christenheit das Loos der übrigen theilen. Marnix und seine Gesellen allein waren „Propheten", Gottes-gesandte, Auserwählte, „Schwerter Gottes".

Aus allen Abschnitten des Buches tritt uns ein bitterer, unversöhn-licher Haß entgegen, welcher Marnix selbst so weit fortreißt, sogar die den Calvinisten heiligen Gegenstände zu verspotten.

Herr Alphons Willems sagt in seiner Ausgabe des „Bienen-korb"[90]): „Marnix wagte jene Mißgeburt (Wanschepsel, die katholische Kirche) zu entblößen, und unter schallendem Gelächter (schaterlach) seiner Mitbürger zu vernichten (verbrijzelen, zerbröckeln)."

Der Jesuitenpater David zu Kortryk, welcher im Jahre 1599 einen „Christlichen Bienenkorb der römischen Kirche" herausgab, stellte unter anderm die Frage[91]), warum die Calvinisten aus Marnix' Zeit die Katholiken so sehr hassen, und beantwortet sie selbst: „Sie machen es wie der Fuchs, der, nachdem er seinen Schwanz verloren, den übrigen Füchsen den Rath gibt, das häßliche Ding abhauen zu lassen". Pater David war der erste, welcher beobachtete, inwiefern Aldegonde's Gedanken mit denjenigen Heinrich d'Estienne's, des Verfassers jener berüchtigten Schmäh-schrift „Apologie für Herodotus", übereinstimmen. Es steht ziemlich fest, daß der Gent'sche Demokrat und Wütherich Dathenus, Aldegonde's Jugendfreund, sich an der Abfassung des Bienenkorbs betheiligte.

Schwer ist es, mit Gewißheit zu bestimmen, ob etwa noch andere Schriftsteller die Hand im Spiele gehabt. Das Buch „Tableau des differens de la religion" („Bild der Religions-Verschiedenheiten"), welches mancher oberflächliche Leser als eine Uebersetzung des Bienenkorbs betrachtet, scheint im Gegentheil ein französischer Text zu sein, nach welchem Marnix seinen Bienenkorb bearbeitet hat.

Merkwürdiger Weise erschien dieser im Jahre 1569, während das Modell — wie der Herausgeber behauptet — auf Marnix' ausdrücklichen Wunsch erst nach dessen Tode im Jahre 1599 in die Oeffentlichkeit trat. Bereits die Einleitung des Tableau stempelt den französischen Text zum Urbilde des flämischen, was z. B. folgende Worte des Verfassers andeuten: „Vorliegendes Werk könnte mit Recht der katholische Bienenkorb der heiligen Mutter der römischen Kirche genannt werden" [92]) („La Ruche Catholique des abeilles de Sainte Mere Eglise Romaine"). Von dem Bestehen eines ältern Bienenkorbes finden wir nirgends eine Spur, aus dem einfachen Grunde, weil keiner vorhanden war. Ferner taucht am Ende des Tableau zum ersten Mal der Gedanke bei dem Verfasser auf, die Kirche selbst (und nicht nur das Werk) mit einem Bienenkorbe zu vergleichen.

Ist es demnach begründet, wenn verschiedene Biographen Marnix das Tableau erst nach dem Bienenkorbe bearbeiten lassen? Warum zeigte sich der Verfasser denn im erstern Werke noch unentschlossen, ob er sein Buch oder die Kirche selbst mit einem Bienenkorbe vergleichen sollte? Und warum spricht er nicht von seinem Bienenkorbe in dem Tableau?

Uebrigens erzählt er uns in diesem, was ihn eigentlich auf die Idee eines Bienenkorbes gebracht habe und höhnt die heilige Dreifaltigkeit und die Virginität[93]) Mariä, jedoch wagt er nicht, seine Aeußerungen in den Bienenkorb aufzunehmen; er fand darin eine Schmähung jeder christlichen Confession.

Die Widmung an den Bischof Sonnius, im Zusammenhang mit niederländischen Verhältnissen, kommt in dem französischen Texte nicht vor. Vergleicht man die beiden Werke noch gründlicher, so ergibt sich nicht nur die gleiche Bezeichnung mehrerer Capitel, sondern auch eine gemeinsame Gedankenfolge. Außerdem sind nur die besten Argumente des Tableau im Bienenkorbe verwendet.

Wie erklären wir uns nun die Sache am besten? — In Genf wurde durch einige tüchtige Gelehrte mit oder ohne Marnix' Beistand das umfangreiche Werk „Le tableau des differens de la religion" zusammengetragen, in dem die Aussprüche der edelsten und gründlichsten Schriftsteller mit boshafter Willkür erläutert, verzerrt und verhöhnt wurden, zur Verherrlichung der „Kirche Gottes". Marnix brachte das Manuscript im Jahre 1559 nach den Niederlanden, oder es wurde ihm zugeschickt. Kurz, er stellte aus diesem Material den flämischen, von Uebermuth, Spott und Witz übersprudelnden Lügenschatz zusammen, den er den „Bienenkorb der heiligen römischen Kirche" benannte.

Sogar Marnix' Bewunderer bezweifeln, daß er in seinem bewegten Leben, fern von allen Bibliotheken, deren Gelehrsamkeit hier überall durchscheint [94]), ein so ausführliches Werk wie das Tableau hätte schreiben können.

Sei dem, wie ihm wolle, so ist das Urtheil über den Bienenkorb nahezu einstimmig. Jeder ist gezwungen, die Correctheit und Klarheit des Ausdruckes bei dem Verfasser zu bewundern; doch wem würde es einfallen, ihn um seiner historischen Wahrheit willen zu preisen? Freunde und Feinde sind einig in der Beurtheilung seiner Absicht: es war die Beschimpfung der katholischen Kirche.

Der Literar=Historiker Lindemann sagt anläßlich der Ueberjetzung Fischart's: „In diesem Werke überschreitet der Autor alle Grenzen des Erlaubten, bis zur Bosheit der Briefe der obscurorum virorum." Kein deutscher Literar=Historiker hat Fischart's Ueberjetzung als ein Deutsch=lands würdiges oder interessantes Werk anempfohlen, obwohl man nicht leugnen wird, daß seine Bearbeitung der Gargantua nach Rabelais einen wichtigen Beitrag zur Sittengeschichte des 16. Jahrhunderts liefert.

Keinerlei Achtung beweist man jedoch dem Manne, der sich in seiner dämonischen Schriftstellerei noch der Hexenprocesse annehmen konnte. So geht es auch mit Marnix. Die ganze Leidenschaft des Parteihasses, der heute Belgien durchwühlt, gehört dazu, um mit unschuldiger Miene, wie es unlängst noch geschah, Auszüge aus dem Bienenkorb, mit erklä=renden Zusätzen abdrucken zu lassen, als handele es sich nur um Stil=proben für das Volk.

Edgar Quinet ist, wie immer, aufrichtiger, er erblickt in dem merk=würdigen Buche, das er bis zu Ende gelesen, einen vollständigen Umsturz der katholischen Lehre. „Nur die öde Stätte mit ihren trostlosen Ruinen bezeugt, daß hier einst die alte Kirche gestanden. Der Wind heult durch das nackte Gemäuer; eine letzte Form des Heidenthums wird hier entblößt. Eine hier aufgebaute heidnische Götterjage wurde plötzlich vernichtet, den Ueberresten eines zweiten Dianen=Tempels gleich; und oberhalb dieser Trümmer (schwebt) das Gewissen des modernen Menschen," u. s. w. [95]) Welche Phrasen!

Es ist übrigens erwiesen, daß gleich nach dem Ausbruche des nie=derländischen Aufstandes unzählige Spottschriften, Possen und Pasquillen alle Lande überschwemmten, und Fischart vor allen andern, unter dem genannten Pseudonym, gegen Jesuiten und Franciscaner in's Feld zog [96]).

Nicht weniger merkwürdig sind des Herrn van Marnix' gereimte Psalmen, deren Bearbeitung nach dem hebräischen Urtexte für sich allein schon mehrere Jahre in Anspruch nahm.

Schon vor dem Anfange des 16. Jahrhunderts hatten viele gute christliche Dichter sich mit der Abfassung von geistlichen Liedern beschäftigt,

die den leichten, losen Volksgesang, den man am Ende des 15. Jahrhunderts cultivirte, verdrängen sollten[97].

Wer die neuen, in Masse erschienenen niederländischen Lieder durch-
blättert und die Weisen beachtet, nach welchen sie gesungen werden (z. B.
„Die kleine Müllerin", „Die abenteuerlichen Mädchen", „Hänselein",
„Der Hirte und die Hirtin" u. s. w.), begreift gleich, wie viele Hunderte
solcher Lieder verloren gingen und durch andere ersetzt wurden.

Unter diesen geistlichen Liedern finden wir auch eine Anzahl
Psalmen-Uebersetzungen von verschiedenen Dichtern aus den Reihen der
„Rhetoriker", deren Namen wir nicht näher bezeichnen wollen.

Im Anfange des 16. Jahrhunderts trugen diese gereimten Psalmen
nur einen allgemein religiösen Charakter; doch als die Reformation weiter
um sich griff, und die Calvinisten die lutherischen Prediger vertrieben
und ersetzten, da wurde das alte Testament, und besonders der Psalmen-
gesang als Mittel benutzt, um das Volk zur Begeisterung für die neue
Lehre und zur Bekämpfung der katholischen Grundsätze aufzustacheln.

Jeder gereimte Psalm ward zu einem erneuerten Ausdruck des
calvinistischen Lebens. Aldegonde's Uebersetzung steht, was poetischen
Werth, Reinheit der Sprache u. s. w. anbelangt, weit höher als irgend
eine andere aus jener Zeit. Ueberdies diente ihm der hebräische Urtext
zum Muster, während, wie schon früher gesagt wurde, Dathenus eine
mangelhafte Nachahmung aus dem Französischen des Clément Marot der
Nachwelt hinterließ. Trotzdem bahnte sich diese einen Weg durch die
reformirten Kirchen, während die Marnix'sche nicht gebraucht wurde. Es
herrschte in dieser Frage wohl eine sehr alltägliche Kamaraderie vor,
wobei wohl auch das Mißtrauen eine Rolle spielte, welches man wegen
seines unzuverlässigen Betragens und seiner eigennützigen Handlungsweise
gegen Marnix hegte.

Nach den neuesten Untersuchungen ist Marnix auch der Dichter des
berühmten Volksliedes „Wilhelmus van Nassouwen", worin der Prinz
selbstredend eingeführt wird und eine kleine Apologie seiner Handlungen
gibt, seinen eigenen Muth, seine Frömmigkeit (à la Marnix) hervorhebt
und vor allem die feierliche Versicherung gibt, daß er dem Könige von
Hispanien stets treu gedient habe.

Dergleichen niederländische Volkslieder veröffentlichten Marnix und
seine Freunde damals dutzendweise, um die Revolution immer mehr anzu-
sachen, und, trotz der Versicherung der größten Treue, eine Absetzung
Philipp's vorzubereiten.[98]

Aldegonde schrieb aber in der Volkssprache nur für das große
Publicum. Die meisten seiner Schriften sind französisch und theilweise
auch lateinisch abgefaßt. Beinahe ohne Ausnahme führte er seine

Correspondenz französisch, auch wenn er sich an die General-Staaten oder an den Prinzen von Oranien wendete.

Die Abhandlung über die Vortheile, alle Provinzen dem König von Frankreich zu übergeben, ist natürlich in französischer Sprache geschrieben: „Memoire pour faire voir qu'il convient d'offrir au Roy de France toutes les provinces."

Im Jahre 1589 bereicherte Marnix von Leiden aus die Welt mit einem Werkchen, dessen Titel bereits Inhalt und Richtung verkünden.

„Trouwe vermaninge aende christelicke gemeynten van Brabant, Vlanderen, Henegou ende andere omliggende landen, beyde die noch onder't cruyce sitten ende die buyten 'slants geweken zijn; grootelicx dienende tot troost ende versterckinge in deze benaude tyden tegen alle aenvechtingen" u. s. w. „Treue Ermahnungen an die christlichen Gemeinden von Brabant, Flandern, Hennegau und aller umliegenden Länder, für diejenigen, welche noch unter dem Kreuze verharren, sowohl wie für solche, die aus dem Lande geflüchtet sind; größtentheils als Trost und Stärkung dienend in diesen drückenden Zeiten gegen alle Anfechtungen u. s. w."

Nach der Einnahme von Antwerpen zwang der Herzog von Parma einen großen Theil der wallonischen Gegenden wieder zur Unterwerfung. Viele calvinistische Familien hatten das Land verlassen, um in Holland oder Deutschland ihre Zelte aufzuschlagen. Es gab aber, wie Marnix versichert, eine Menge Leute, welche zu ihrer alten Religion und Heimath zurückkehrten. Zum Nutzen und Frommen derjenigen, welche unter dem Kreuze aus harrten in Erwartung der Dinge, die da kommen würden, schrieb er genanntes Werkchen, indem er sich zunächst über die „Kinder Gottes" beklagt.

Luther beklagte sich öfters über die Fürsten, deren Glaubenseifer trotz seiner Lehre nur spärliche Früchte getragen; in gleicher Weise bedauert auch Marnix die Gottlosigkeit der neuen „Kinder Gottes" und schreibt: „Wir können gar nicht leugnen, daß wir sehr heruntergekommen sind (verloopen), ja so sehr, daß man allerlei Ausschweifungen (dertele, ongebondene manieren) nicht allein als keine Sünde, sondern als Tugend betrachtet. Alle suchen um die Wette zu saufen, und nutzlosen Tand in Gastmahlen und Kleidung zur Schau zu tragen. Hurerei, Ehebruch und allerlei Unkeuschheit sowohl in Worten als in Thaten sind — fast unglaublich — so allgemein unter uns wie unter den Ungläubigen (Nichtcalvinisten nämlich). Ja, in Gesellschaft derjenigen, die sich als Christen hervorthun wollen, hört man gewöhnlich nichts anderes, als unfläthige Redensarten, welche (sit venia verbo), den stinkenden Pfuhlen der Unkeuschheit entsprossen, meistens mit dem größten Gelächter begrüßt werden."

„Die Obrigkeit läßt die greuliche Sünde zu, die Gläubigen machen sich des Ohrenblasens, der Heuchelei, des Hochmuthes schuldig u. f. w. Viele unter ihnen schreien nur Mordio gegen Pfaffen und Mönche, viel mehr um sich selbst mit geistlichen Gütern zu bereichern, als aus religiösem Eifer[99]. Ja, unbegreiflich ist der Hochmuth, sowie der blasse Neid, welcher unter uns wohnt. Jeder werfe einen Blick in das eigene Herz und gestehe, daß er noch himmelweit von der wirklichen, durch Paulus beschriebenen Liebe entfernt ist. Wir sollen uns demüthig beugen, unsere Sünden bekennen und des Herrn gerechten Zorn durch eine gründliche Bekehrung von uns abwenden."

An diese Arbeit schloß sich einige Jahre später eine Schrift an, gegen die sogen. Inspirirten (geestdrijvers), wozu Marnix auch die Wiedertäufer, oder lieber die Mennoniten oder Taufgesinnten (doopsgezinden, Teleiobaptistae) rechnete. Gegen diese hatte sich Calvin in Genf schon sehr kräftig erhoben, und rechnete ihnen besonders zur Schuld an, daß sie die Bibel nicht buchstäblich genug und zu sehr symbolisch erklärten, denn das Christenthum wurde, wie Kampschulte sagt, nach calvinistischer Auffassung, fast wie der Islam, „zu einer Religion des Buches". Alles Uebrige galt Calvin als „Vorwitz und neue Erfindung". So hatte er bereits vor seiner Verbannung mit Wiedertäufern in Genf zu schaffen gehabt, welche aus den Niederlanden zu dem Reformator gereist waren, um ihn öffentlich zu bekämpfen. Der Erfolg der beiden Herren — Hermann von Lüttich und André Benoit — war so groß, daß eine Menge Geistliche sich für ihre mystisch-phantastische Lehre erklärte und jenen Predigern bei Todesstrafe verboten wurde, das Genfer Gebiet wieder zu betreten[100]. Die Niederlande waren die Heimath dieser Reformatoren, die Münsterschen Wiedertäufer nur ein Auswuchs derselben. Allein, eine große Anzahl Familien (worunter z. B. die Eltern des Dichters Vondel aus Antwerpen) wurden von der katholischen Regierung des Landes verwiesen und Marnix reizte Wilhelm von Oranien seinerseits auf, die Feinde Calvin's öffentlich anzugreifen. Noch im Jahre 1577 gerieth Marnix über Oraniens Toleranz in Verzweiflung, welcher dieselben in keiner Stadt des Bürgerrechtes berauben wollte, „denn," klagte Marnix, „jene Menschen sprengen alle Fesseln der menschlichen[101] Gesellschaft". „Eine große Verwirrung könnte," wie er behauptet, „jene Secte (der »Wiedertäufer« und »Enthusiasten«) in die Ecclesia bringen."

Im Jahre 1595 gab er ein Werk gegen alle Wiedertäufer heraus, genannt: „Ondersoeckinge ende grondelyke Wederlegginge der geestdryvsche leere aengaende het geschreven woord Godes in het Oude en Nieuwe Testament vervatet; mitsgaders oock van de beproevinge der Leeren aen den richtsnoer desselven," auf deutsch: „Untersuchung und gründliche Widerlegung der Lehre der Inspirirten in Betreff des geschriebenen Gotteswortes im Alten und Neuen Testament zusammen= gefaßt, sowie eine Untersuchung dieser Lehre ihrem Grundsatze gemäß." Man hat Marnix seinerzeit beschuldigt, nach dem Beispiel seines Lehr= meisters alle Nichtcalvinisten zum Tode verurtheilen zu wollen. Er erklärt diese Anklage für falsch. Der meist aufrichtige calvinistische Heraus= geber der „Ondersoeckinge" aber, der gelehrte Herr van Toorenenbergen (v. d. m.) räumt die Anklage von vornherein als begründet ein, ent= schuldigt sie jedoch mit den Worten: „Es war eine Maxime des Staats= rechtes (des calvinistischen Staatsrechtes vielleicht?) im 16. Jahrhundert, daß die Obrigkeit das Schwert nicht [102]) vergeblich führte, wo es sich um eine Widerlegung von gotteslästerlichen und vor allem der gesellschaftlichen Ordnung gefährlichen Lehren handelte (?)." Marnix sagt deutlich, trotz seiner anderweitigen Versicherungen des Gegentheiles, daß die Obrigkeit das Schwert führen soll zur Vertilgung und Ausrottung jener Ketzer, die Karl V. in seinen Placaten erwähnt. Denn diese Ketzer, meint er, haben den Tod verdient. „Aber wir," fährt er weiter fort, „wir Söhne des Propheten, sind keine Ketzer, sondern die andern (die Wiedertäufer). Wären wir solche Ketzer, so würden wir hundert Mal nach einander den Tod verdienen." („Nous aurions mérité non pas une seule mort, ains (mais) cent, s'il estait possible de les souffrir l'une après l'autre" [103]). Man lasse keine Freiheit des Gottesdienstes zu [104]); „wenn es Jedem freiständе, irgend einer beliebigen Religion anzuhängen, so würde ohne Zweifel der feste Grund gelegt sein zu öffentlicher Gottlosigkeit und spottender Verachtung jeder Religion, welche in unserer Zeit mehr und mehr die Ueberhand nehmen" [105]). Darum preist Marnix auf's höchste die General=Staaten, welche „alle Nichtcalvinisten bekämpfen, die aufrichtig gesunde Lehre des Evangeliums [106]) befürworten und alle falschen Unter= weisungen, Ketzereien und Irrthümer zu verhüten suchen".

Schriftsteller von allen politischen Farben haben denn auch nicht nachgelassen, trotz ihres Eifers und ihrer Begeisterung für den großen „Freiheitshelden", demselben bis zuletzt „Intoleranz, Herrschsucht, bittere Feindschaft gegen die Wiedertäufer u. s. w." [107]) aufzubürden, und nicht minder warfen ihm schon die Protestanten vor, er wolle eine calvinistische Inquisition einführen, nachdem er jahrelang gegen die katholische gekämpft habe.

Einzelne eingefleischte Calvinisten unserer Zeit vertheidigen Marnix gegen diese Beschuldigung und zeigen sich dadurch als Enthusiasten, gerade wie sie Marnix selbst in den Wiedertäufern bekämpfte.

Der genannte Herr van Toorenenbergen will die Ursache des schlechten Empfanges, welchen man den „Untersuchungen u. s. w." bereitete, darin finden [108]), daß Marnix dieselben den General-Staaten widmete. Der Verfasser wünschte, daß die hohe Obrigkeit des Landes ihre Macht gebrauchen möge, um das mordgierige Gift (het boos en moortdadich fenyn) derjenigen auszurotten, welche der h. Schrift keine Autorität zuerkannten; doch Marnix „konnte die verschiedenen Anhänger der Spät-taufe (Teleiobaptistae) nicht gut von den Wiedertäufern unterscheiden". Ja, er wollte, sagte er, nur „diejenigen zum Tode verurtheilen lassen, über welche seine eigenen Widersacher die gleiche Strafe verhängt hätten!" [109])

Aldegonde's Partei habe die religiöse Freiheit niemals verlangt im Sinne einer unbeschränkten Freiheit der Presse und des Predigens.

„Wenn er von der Verfolgung und dem Untergange Andersgesinnter spricht, meint er nur, daß die General-Staaten die Verbreitung freigeistiger Schriften in ihren Ländern durch irgend ein Placat verbieten [110]) müßten." Solche Ausrede schreitet allerdings auf kurzen Beinen. Aber Marnix und seine Parteigenossen irrten sich gewaltig in der Beurtheilung der-jenigen, welche in dem Kampfe gegen die Lehre der katholischen Kirche nicht den gleichen Weg einschlugen, wie sie selbst; so wurde z. B. der würtembergische Theologe Sebastian Franck zuerst von Luther und den Seinigen hochgepriesen, wie auch Franck selbst Luther hochachtete. Zu gleicher Zeit fingen Marnix und Beza an, über diese Finsterniß Franck's zu klagen [111]), und nach seinem Tode brachen sie sämmtlich den Stab über ihn. Luther sagte, er sei ein „Enthusiast", dem das Wort der h. Schrift nur Symbol ist, nach Marnix ein „Geisterer (geestdryver), dem nichts gefällt als Geist, Geist, Geist"; während spätere Biographen ihn einen Edelstein vom reinsten Wasser nennen [112]). Niemand bekämpfte ihn aber bei seinen Lebzeiten mit den Waffen der Wissenschaft, und die Falschheit des Marnix'schen Urtheils über diesen, zwar im Dunkeln irrenden, aber aufrichtig suchenden und hochsittlichen Mann ist deutlicher geworden je eingehender und genauer sein Leben, bald in Deutschland durch Haase, bald in den Niederlanden durch Chr. Sepp untersucht und erklärt wurde.

Eine Gesinnung, wie er sie in der „Untersuchung" zu vertreten schien, wird unserm Helden mit der größten Einfalt auch da zugeschrieben, wo er die Bilderstürmer in Schutz nimmt.

Aldegonde gab nämlich schon im Jahre 1566, also im Jahre des allgemeinen Bildersturmes selbst, den Urhebern dieses Vandalismus eine Ermuthigung unter dem Titel: „Van de beelden afgheworpen in de Nederlanden in Augustus 1566" („Ueber die in den Niederlanden im Jahre 1566 heruntergeworfenen Bilder") [113]). Diese, im Jahre 1571 zuerst gedruckte Schrift hatte den unleugbaren Zweck, den Bildersturm gegen den Angriff eines Lutheraners zu vertheidigen. Dies wird

Marnix wie ein Ehrentitel angerechnet, denn jene Wütheriche waren in seinen Augen „dieselben Leute, welche wegen des Namens Christi Jesu beinahe 50 Jahre lang unausgesetzt verfolgt wurden"; „man soll auf diese Eiferer auch nicht von oben herabschauen, wie auf einen tollen Haufen, und sie nicht mit dem Schimpfnamen »Bilderstürmer« brandmarken." „Die Bewegung sei ein Werk der göttlichen Vorsehung; die Hand des Menschen nur ihr Instrument;" . . . „der Geist Gottes lasse sich aber kein Maß und Ziel vorschreiben", und nicht ohne tiefe Rührung, sagt von Toorenenbergen, liest man bei Marnix die diesbezüglichen Seiten.

Der liebe Gott habe also den Gedanken der Entfernung heiliger Bilder in ihren Busen gelegt, und es sei nicht zu beweisen, behauptet der Verfasser, daß hier ein durch menschlichen Geist ausgedachter Plan vorgelegen habe. — Also plötzliche unüberlegte göttliche Begeisterung! Hätte der liebe Gott nicht ebenso gut den menschlichen Geist in der Ausarbeitung eines geregelten Planes zum Kirchensturm leiten können? Oder war schließlich die Begeisterung nicht so ganz göttlich?

Nehmen wir nun unsern Faden wieder auf. Der „Untersuchung" folgte eine Gegenschrift, deren Verfasser unbekannt geblieben ist: „Antidote ou contrepoison contre les conseils sanguinaires et envenimez u. s. w. de Philippe de Marnix" („Gegengift zu den blutdürstigen und giftigen Rathschlägen u. s. w. von Ph. v. M."). Der Verfasser, ein Zeitgenosse Aldegonde's, wirft letzterm in dieser Schrift nicht nur seine Freigebigkeit in Todesurtheilen, sondern noch eine ganze Reihe wenig lobenswerther Handlungen vor, welche wir bereits früher als Zeichen eines nicht ausschließlich nach der Ehre Gottes und des Vaterlandes strebenden Geistes kennen gelernt haben. Seine Unterhandlungen mit Frankreich, seine wiederholten Versuche einen Theil der Niederlande, wenn nicht das ganze Land, an Spanien zu überliefern und Frieden zu schließen, trotz der allgemeinen Abneigung seiner Parteigenossen und des Oraniers, liefern dazu gar merkwürdige Beispiele.

Darauf veröffentlichte Marnix die Replik von entsprechender Ausdehnung (Replique ou Response apologeticque), welche wir wiederholt citirt haben. Zu seinem Unglück ist aber schon längst bewiesen worden, daß die Hauptpunkte der gegen ihn gerichteten Anklage, die wir behandelt haben, in seiner Apologie ganz und gar nicht widerlegt sind [114]).

Marnix sagt in seiner „Antwort", er habe die Katholiken ihrer Freiheit niemals berauben, und die Geistlichen sogar im Besitze ihrer Güter lassen wollen. Er hat aber als einzigen Beweis für diese Behauptung den schwachen Versuch, die Volksmänner in Gent zur Ruhe zu bringen, welche mit Dathenus die calvinistische Werbefahne aufpflanzten.

Die Absicht dieses Versuches ist jedoch zu durchsichtig gewesen, um eine nachträgliche Täuschung zuzulassen. Man hatte damals das größte Interesse, der Sache ein Mäntelchen umzuhängen, und zu verhüten, daß durch die Raublust Hembyze's, Daten's und ihres freibeuterischen Anhanges der Calvinismus zu Grunde gehe. Wir wissen, daß Marnix den Ikonoklasmus durchaus gut hieß, wenn er in aller Stille und ohne große Aufwiegelung des Volkes improvisirt wurde.

Ferner verordnet Artikel 21 der Pacification die Sicherheit des Kirchengutes. Es würde von nun an „mit Erlaubniß der Staaten denjenigen gehörige Nahrung (redelicke alimentatie) gegeben werden, deren Güter confiscirt (genalieneerd) worden waren". Allein, welchen Werth dieses eitle Versprechen hatte, ist oben in's Licht gestellt worden.

Hiermit glauben wir das Leben Marnix' von St. Aldegonde und die Uebersicht seiner Werke abschließen zu dürfen. Am 15. December 1598 verschied er zu Leiden, im Alter von 68 Jahren. Er hinterließ aus zwei Ehen drei Töchter und einen Sohn, der als Hauptmann in der holländischen Armee diente; eine vierte Tochter war ihm durch den Tod entrissen worden. Seine dritte Ehe mit Juliana de Lannoy blieb kinderlos.

Ein Abkömmling des Herrn Ph. van Marnix von St. Aldegonde lebt noch in Belgien; jedoch theilt er keineswegs die politisch-religiösen Ansichten seines Ahnherrn.

Marnix' Wahlspruch lautete: „Repos ailleurs" („Ruhe anderswo"). Auf der Erde hat er diese Ruhe allerdings nicht gesucht, sein Leben war ein unausgesetzter, selbstgewählter Kampf.

Fassen wir nun noch ein kurzes Urtheil über ihn zusammen.

Marnix war ein leidenschaftlicher Vorkämpfer der calvinistischen Grundsätze. Daraus läßt sich sein ganzes Denken und Handeln erklären. Sein besseres Thun sowohl wie seine Fehler sind der natürliche Ausdruck seiner innersten hartnäckigen Ueberzeugung.

Er hatte sich, wie er selbst sagt, freiwillig von dem Einflusse der katholischen Lehren in Löwen losgemacht, sich ebenso freiwillig nach Genf gewendet, um das wahre Licht der „Kirche Gottes" auf sich wirken zu lassen.

Dieses Bewußtsein schmeichelte seiner stark ausgeprägten Eitelkeit, und verwandelte unbewußt seine Abneigung gegen die katholische Kirche in fanatischen Haß. Durch die Strenge des consequenten calvinistischen Systems war er bei seiner Rückkehr in die Niederlande Oranien weit überlegen da, wo es sich um Festigkeit im Streben nach dem Ziele handelte. Dieser war Marnix wiederum voraus in der Schlauheit, im weitern Blicke, in der diplomatischen Begabung, aber seine gänzliche

Gleichgültigkeit gegen jede Religion befähigte ihn kaum dazu, seine Parteigenossen mit sich fortzureißen, bis zur Leidenschaft zu begeistern; er brachte
es höchstens dazu, ihnen einige verschwommene Freiheitsgedanken einzu-
hauchen. Wilhelm war sich dessen auch wohl bewußt, und erblickte in
Marnix das oft unbequeme und unsympathische Werkzeug zur Verwirk-
lichung seiner Herrscherpläne.

Seinerseits erkannte Marnix mit Schmerz in Folge von Nieder-
lagen, daß auch er ohne Wilhelm nicht zum Ziele kommen könne. Diese
Ziele haben wir kennen gelernt. Es ging ihm nicht um die Unabhängigkeit und selbständige Verwaltung der Niederlande; diese sollten eher einen
Theil eines großen calvinistischen Reiches der von ihm geträumten „Kirche
Gottes" werden. Dafür waren ihm alle Mittel, alle nationalen und
fremden Einflüsse recht, und selbst den Begriff des Vaterlandes brachte
er seinen Religionsträumen unbedenklich zum Opfer.

Aber dieser fanatische Träumer war kein Löwenherz; er pflegte mit
ängstlicher Sorge den sehr realistischen Gedanken, wie er „den Galgen"
vermeiden möge: „tromper l'échafaud", sagt Quinet.

Eines großen diplomatischen Talentes konnte er sich nicht rühmen.
Der Oranier pflegte ihn in kritischen Momenten, in welchen ihm seine
Gegenwart unbequem werden konnte, an verschiedene Höfe zu senden.
Diesen Mißbrauch der Freundschaft hat Marnix nie begriffen.

Sowohl auf dem Reichstage als an dem englischen und französischen
Hofe spielte er als Gesandter eine traurige Figur und suchte sich durch
Selbsterhebung aus der peinlichen Situation zu retten. In Privatsachen
beweist er größere Geschicklichkeit. Seine Wanderungen als postillon
d'amour waren ja wirkliche Erfolge; nur stand ihm hier sein Meister
im Pfälzer Jerusalem zur Seite, dem er thatsächlich den herrlichsten
Theil seines Ruhmes verdankte.

Als Privatmann scheint er ein geregeltes Leben geführt und viel
auf Mäßigkeit gehalten zu haben.

Im Grunde war Marnix in seiner Lehre kein Revolutionair. Es
war daher keine Heuchelei, als er im Wilhelmusliede seinem Helden,
dem Prinzen von Oranien, die Worte in den Mund legte: „Den König
von Hispanien habe ich allzeit geehrt".

Marnix wünschte nicht um jeden Preis eine Revolution, er wollte
nur die „Kirche Gottes" ausbreiten, und mußte zögernd anerkennen, daß
dies ohne Revolution nicht möglich sei. Hieraus erkläre man seine Nei-
gung für Spanien. Er beschuldigte sogar Viele der Majestätsbeleidigung,
welche durch Hülfe, Rath oder Ermuthigung den Magistrat beleidigten
oder anfeindeten, und diejenigen, welche bei einer solchen Majestätsbeleidigung mitgewirkt hatten. „Was wollen wir von denjenigen sagen,"

so ruft er aus, „welche ohne übernatürliche Inspiration Empö=
rung und Aufruhr gegen den Magistrat predigen." Man sieht, er suchte
eine Entschuldigung gegen die Vorwürfe, welche sein Gewissen ihm wegen
seiner Theilnahme am Aufstande machen mußte, und er verfiel auf die
gewöhnliche Ausrede der Revolutionaire und protestantischen Reforma=
toren, daß „der Geist ihn getrieben". Das war bequem, bleibt aber ein
Denkstein seines bösen Gewissens.

Oranien kannte nicht dieses Schwanken; er wußte nichts von einer
Beunruhigung, blieb sich immer gleich in seiner kalten Diplomatie, klar
und zielbewußt auf allen Umwegen. Er machte überhaupt nur eine
Schwenkung, eine Concession in seinem Leben, und das war, als er den
Calvinismus in sein Programm zuließ. Während Marnix in
weltlichen Dingen nur eitel war, war Wilhelm herrschsüchtig und legte große
Selbstbeherrschung und Opferwilligkeit in die Ausführung seiner Pläne.
Aber Marnix war, wie schon gesagt, ein Träumer. Er hatte ein höheres
Ziel, seine „Kirche Gottes", im Auge, für die sich der Jüngling schon
begeisterte und welcher der Mann die Ruhe und Thatkraft seines Lebens
widmete. Dennoch fehlte unserm Helden der wahre Opfergeist, sein
persönliches Ich stand ihm höher als seine „Kirche Gottes". So wurde
er des Kampfes nimmer froh; so fehlte seiner Kampfweise die sitt=
liche Höhe.

Unter erdichteten Namen, mit allen Mitteln der Geschichtsfälschung,
den Waffen galligen Hohnes und persönlicher Beleidigung seine Gegner
anzufallen, war seine Art. Mehr als einmal sprach er sich aus gegen
die Toleranz und erklärte: Jedermann seiner Ueberzeugung gemäß leben
zu lassen, komme der „abscheulichen Narrheit" (sottise détestable) gleich,
einen Giftmischer zu schonen[115]). Dennoch wußte die calvinistische Nach=
welt, aller bessern Ueberzeugung zum Hohne, uns Marnix als einen Helden
wahrer christlicher Toleranz und politischer Freiheit zu interpretiren.

Diesem Helden der calvinistischen Fabel will man heute in Brüssel
ein Standbild errichten. Im 17. Jahrhundert warben sein Ruhm und
seine Schriften der calvinistischen Lehre viele Anhänger. In La Rochelle
verfaßten die französischen Hugenotten folgende, nie zur Verwendung
gelangte Grabschrift:

„Ici gisent les os du grand Sainte-Aldegonde
Son esprit est au Ciel, son los par tout le monde."

(„Hier ruhen die Gebeine des großen St. Aldegonde; sein Geist ist
im Himmel, sein Lob ist über die Welt verbreitet.")

Marnix war, nach dem Zeugnisse eines Zeitgenossen, ein Mann
„von unermüdlicher Thatkraft, mit außerordentlichem Gedächtniß, merk=

würdig in jeder Hinsicht (un man van grooten bedryve, besor[?] memorie, ja singulier in alles). Seine Thatkraft hat einen mehr [?] abäquaten Ausdruck gefunden in seinem ruhelosen Leben.

Mit dem Wunsche und der Losung: „Repos ailleurs" ist sein [?] in die Ruhe des Grabes gesunken, seine Seele hinübergegangen in G[?] Gericht.

Anmerkungen.

[1]) Rampschulte, Joh. Calvin. S. 498.

[2]) Galiffe, Notices généal. III, 268, und Quelques pages d'histoire eu[?] p. 23. Schneemann, Stimmen aus M. Laach 1876, S. 460 ff.

[3]) Rampschulte a. a. O. S. 482.

[4]) Rampschulte a. a. O. S. 430.

[5]) Hier muß ein auf spanische Art eingerichteter Gerichtshof verstanden werden. [?] kirchliche Inquisition bestand schon seit 20 Jahren.

[6]) Schiller hat in der Uebersetzung dieses Actenstückes das Versprechen der Exc[?] die katholische Religion beschützen zu wollen, ausgelassen.

[7]) Max de Wignacourt, Discours, a. 1593, p. 11, bei Th. Juste, V[?] Marnix, p. 9.

[8]) Groen van Prinsterer, Archives de la maison d'Orange, II, 444.

[9]) Der Brief ist aufgefunden und herausgegeben von Herrn Kervyn de Letten[?] Bulletins de l'académie r. de Belgique, 3. Série, tome II, 1881, p. 157.

[10]) Oeuvres de Ph. de Marnix de Ste. Ald. Correspondance et Mélan[?] Édit. Lacroix, p. 228.

[11]) W. J. F. Nuyens. Gesch. der Ned. Beroerten I, 22.

[12]) Vita Junii, Gerdes, Scrinium antiquarium I, 2; bei Holzwarth, [?] Abfall d. Nied. I, 241; Note S. 449, 1. — La Charge de semmor les billets par [?] se donnera aux ministres d'Anvers, lesquels Monsr. de Ste. Aldegonde aver[?] de la résolution. Groen van Prinsterer, Archives de la maison d'Orange, II, 61 [?]

[13]) van Toorenenbergen, Phil. v. Marnix godsd. en kerk. geschriftt[?] XV. (Het sermoen) Van de beelden afgheworpen, enz. Leuven, 1567.

[14]) Man vergl. Ruyens und v. Bloten, zwei Schriftsteller entgegengesetzter Princi[?]

[15]) Vergl. Hoffmann v. Fallersleben, Horae Belgicae, II, 100. J. F. Will[?] Oude vlaamsche liederen, 1848, S. 73 ff. — Kleyn Paradijske, A. 1619, S[?] u. 37. Vergl. Reifferscheid, Spottlied auf die Kölner Geistlichkeit, aus einer Hds[?] Lausanne, in der R. Pid'schen Monatsschrift für rhein.-westph. Geschichtsf. u. Altert[?] 1875, S. 365 ff.

[16]) Kluckhohn, Wie ist Kurfürst Friedrich u. f. w. Münch. hist. Jahrbuch. 1[?] S. 435 ff.

[17]) Kluckhohn a. a. O. 489, 497.

[18]) W. Menzel, Gesch. der D. III, 158.

[19]) Response apologéticque; Oeuvres de M. Corresp. u. f. w. p. 433 ss.

[20]) Goethals, Lectures u. f. w. III, 84.

[21]) Diegerick, Notice sur Daten, 1862, p. 5 ss. Vergl. Kludhohn a. a. D. S. 487.

[22]) Goethals, Lectures, III, 81 ss. Vergl. Oeuvres de M. Édit. Quinet-Lacroix (Tableau) IV, 285 u. 332.

[23]) Bulletins de l'académie de Belgique, 3 Série, tome III, 1882, p. 219 ss.

[24]) Men zal moegen leenen de gereede penningen van de incomen van de kerken, cloesteren, alsmede het goudt ende zilver van kerken, cloesteren, enz. hebbende meer tot chiragie (Zierde) dan tot noodicheyt . . Abgedruckt bei Bakhuizen v. d. Briuk, Studiën en schotsen, 1863, I, 531 ff.

[25]) Correspond. Édit. Lacroix, p. 94 ss.

[26]) S. z. B. Piotr Skarga J Jego Wiek, auctor. Rychcickiego, 1868, I, 117.

[27]) Solignac, Hist. de Pologne, bei Lelowel, I, 134. Vergl. auch Topin im Correspondant, 1868, D. 73, p. 551, nach de Noailles.

[28]) Epistolae selectae, p. 587 ss.

[29]) Gachard, Corresp. de Guill. le taciturne, III, 75 ss.

[30]) Kervyn de Lettenhove, l. c. Bulletins de l'ac. 1881, p. 172.

[31]) Kervyn, Bull. de l'ac. 2. Série, tome XXXIV, 1872, p. 42, Note. Déclaration de la reine Elisabeth: „Our subjects will have no trafique with them until such tyme as they be reduced to the obedience of their natural lord and prince."

[32]) Kervyn, l. c. tome XXXIV, 1872. Brief von Chester an Burleigh, 1575, S. 543, Note 1.

[33]) P. V. Bets, De Pacificatie van Gent, 1876, p. 102 ss.

[34]) Corresp. Édit. Lacroix, p. 200.

[35]) Vergl. Groen van Prinsterer, Archives de la maison d'Orange, V, 532 ss. „Le prince d'Orange soupçonnait à tort la sincérité de Don Juan" gesteht Juste, p. 35.

[36]) Oeuvres, Édit. Quinet-Lacroix IV, Notice historique, p. 296: „Personne ne voulait le croire".

[37]) Juste, 44.

[38]) Juste, 47.

[39]) Groen van Prinsterer, Arch. de la maison d'Orange, VI, p. 118.

[40]) Juste, 67. Zu Antwerpen z. B. erhielten die Calvinisten fünf katholische Kirchen und später noch die große St. Jakobs-Kirche nebst dem größeren Theile der Rathedrale. Die Lutheraner bekamen ebenfalls zwei Kirchen.

[41]) Bülsching, Begebenheiten des Ritters Hans u. f. w., III, 55. Hist.-pol. Bl. 1876, S. 443.

[42]) Correspond. p. 254.

[43]) Juste, 75.

[44]) Handschrift. i. Haag. Vergl. Juste, 76.

[45]) Correspond. p. 227.

[46]) Blaupot ten Cate, Geschiedenis der Doopsgezinden in Holland, I, 176 ff. Vergl. II, 216.

[47]) Oeuvres, IV, 307.

[48]) Correspond. 272 ss. und Groen van Prinsterer, Archives, VII, 279.

[49]) Correspond. 317 u. 200.

[50]) Kervyn de Volkaersbeke en J. Diegerick, Documents inédits concernant les troubles des Pays-Bas, II, 179. Vergl. van Vloten, Uebersetzung von Quinet, Vie de Marnix, p. 183, einen Brief an den Empfänger Muys.

[51]) Groen, Arch. d. l. m. d'Orango. VII, 229.

[52]) Correspond., XLIII, 295. Der Herausgeber des Briefwechsels, Lacroig, irrt sich bedeutend in der Mittheilung des Inhalts dieses Briefes. Vergl. P. Alberdingk Thijm, De vrooljke historie van Marnix, S. 142, N. 60. — Weiter Oeuvres de Marnix, IV, 310.

[53]) Den Wortlaut des Bündnisses findet man: Bull. de l'acad. des lettres. 40. Jahrg., 2. Serie, B. XXXII, 1871, S. 357, durch Keroyn de Lettenhove zu Hatfield entdeckt.

[54]) Groen, Archives d. l. m. d'Orange, VII, 405, 407, 492 ss. Correspond. 289 ss. Kervyn de Lettenhove, Bullet. de la Commission d'histoire, B. XIV, Nr. 3, 3. Série, Analyse de documents, p. 214 ss.

[55]) Kervyn, Bulletin d. l. c. Nr. V.

[56]) L. c. Nr. VI.

[57]) L. c. Nr. XXII.

[58]) L. c. Nr. XXV.

[59]) L. c. Nr. XLVII.

[60]) L. c. Nr. LIII.

[61]) Correspond. Nr. XLVI, p. 307.

[62]) Correspond., p. 318.

[63]) Brief récit de l'estat de la ville d'Anvers u. s. w. Oeuvres (Ecrits politiques), p. 244 ss.

[64]) Seit 1577 wurde sein Hauptwerk De Byencorf (Der Bienenkorb) in 20 Jahren erst wieder gedruckt.

[65]) „Je ne fus oncques (nie) d'advis, que aucun subjet particulier il fut loisible (erlaubt) de prendre les armes contre ses superieurs." Oeuvres (Ecr. pol.), p. 298.

[66]) Juste, p. 154, N. 1 aus einer Handschrift zu Simancas.

[67]) So meint Herr Bernouf, Bulletin du bibliophile, Paris, 1881, S. 440.

[68]) Durch die Güte des Herrn Keroyn de Lettenhove (der ein größeres Werk über das sechszehnte Jahrhundert vorbereitet) habe ich eine bestätigte Abschrift der Depesche in dieser Form erhalten: „No me pareca mal lo platica que habiadas comenzado a tratar con Aldegonde para ganarle y obligarle a procurar la reduccion de las islas (Seeland) que a tener dello (darlo?) será bien empleado lo que combendra (comvendria?) ofrecelle para darselo despues de hecho el efecto."

[69]) Corresp. 327.

[70]) Corresp. 311, 333.

[71]) Bayle, Dict. s. v. St. Aldegonde.

[72]) A la Rabelais, d. h. sowie dieser Schriftsteller Religion u. Sitten Hohn sprach.

[73]) Groen v. P., t. a. p. 2. Série I, 158. Correspond. de M., 340 ss. 347.

[74]) Allard, S. J., Charlotte Flandrina v. Nassau u. s. w. (Studiën op godsd. wetens. en lett. gebied, 1869), S. 8.

[75]) Vergl. Bilderdyk, Vaderlandsche Geschiedenis, X, 303.

[76]) Tacitus, Germania, c. 12: „corpore infames".

[77]) Quinet, Oeuvres de M., Tableau des differens de la religion, I, VII ss.

[78]) Correspond. 411.

[79]) Vergl. Histor.-polit. Blätter, 1877, S. 880.

[80]) Vergl. Bakhuizen van den Brink, Studiën en schetsen, 1863, I, 465.

[81]) Fischart, Ausgabe S. Gallen, 1847, S. 19 ff.

⁸²) Oouvres. **Ausg.** Alph. Willems, Byencorf u. f. w., I, 122; bei Fiſchart l. c. S. 239.

⁸³) Byencorf. I, 39.

⁸⁴) Van Toorenonbergen, Ph. van Marnix' Godsdienstige en kerkelijke geschriften, 1; Van de beelden afgheworpen, S. 13. **Vergl.** Byencorf, 4. **Stück,** 3. **Capitel, Bd.** II, S. 37 ff. **Fiſchart** 347.

⁸⁵) Byencorf, I, 209; Fi. 209. Byencorf, II, 51 vlg., Fi. 350, 361.

⁸⁶) Byencorf, II, 108; Fi. 413.

⁸⁷) Correspond., p. 115.

⁸⁸) **Ausgabe von** 1847, S. 203.

⁸⁹) Byoncorf, II, 13.

⁹⁰) **Bd.** I. S. IX.

⁹¹) S. 130.

⁹²) Tableau, I, 15, Édit. Quinet, Oeuvres de Marnix, I.

⁹³) Tableau, IV, 201. Byencorf, II, 170.

⁹⁴) Tableau, IV, 330, Notice historique, chap. IX.

⁹⁵) „Pour quiconque l'aura lu jusqu'au bout, le dogme catholique aura disparu de fond en comble. Il restera l'emplacement d'une vieille Église rasée, abandonnée aux sifflements et aux ricanements des vents, une dernière forme du paganisme mis à nu, une mythologie restaurée et soudain renversée, les débris épars d'une autre Diane d'Éphèse, et par-dessus ces ruines payennes, la conscience de l'homme moderne qui cherche, examine et se fraie hardiment, à travers l'Évangile, son retour à Dieu et à la liberté." Tableau I, VIII.

⁹⁶) S. j. B. **Gervinus, Geſch.** d. d. **Lit.** III, 138. **Ueber Fiſchart ſ. weiter die Beilage.**

⁹⁷) **Vergl.** Kampſchulte a. a. O. 288.

⁹⁸) **Man vergl.** v. Vloten. Nederlandsche geschiedzangen, Amsterdam, 1864.

⁹⁹) Van Toorenonbergen, I, 537 ff.

¹⁰⁰) Kampſchulte, 295.

¹⁰¹) **In dem „Briefe gegen den Tanz".** Correspond. 227.

¹⁰²) Van Toorenenbergen, II, Voorbericht, XII, f.

¹⁰³) Responso apologétieque, Édit. Lacroix 477.

¹⁰⁴) Ondersoekinge, v. Toorencub. II. Voorreden der ondersoekinge, S. VI.

¹⁰⁵) L. c. S. VI.

¹⁰⁶) L. c. S. VII.

¹⁰⁷) Gesch. der doopsgezinden in Holland, I, 175; II, 216.

¹⁰⁸) Van Toorenenbergen, II, Voorbericht, XI.

¹⁰⁹) L. c. II. XII.

¹¹⁰) L. c. II, XII, S. XX ſagt jedoch der Verfaſſer, Marnix ſei nicht ſo gegen gewaltſame Beſtrafung der Anti-Calviniſten geweſen wie Wilhelm I. Das iſt wenigſtens ein aufrichtiger Widerſpruch!

¹¹¹) Th. Beza, Epp. Genf 1575, S. 61.

¹¹²) **Biſchof. Seb. Frand,** S. 291.

¹¹³) Van Toorenenbergen, l. c. I, Voorbericht VII ff.

¹¹⁴) Bayle, Dict. in v. Sto. Aldegonde.

¹¹⁵) Responso apologétieque, S. 404.

Beilage zu Seite 48.

Baron Ernouf hat in dem Techener'schen Bulletin du Bibliophile (Sept.=Dec. 1881; Jan.=Febr. 1882) eine kleine Abhandlung über Fischart's „Bienenkorb" geschrieben, mit einigen kurzen, neuen bibliographischen Notizen. Er vergleicht die verschiedenen Ausgaben und gibt dem französischen Leser eine kurze Beschreibung von Fischart's Buch.

Der Aufsatz ist jedoch nicht frei von Unrichtigkeiten, welche dem Verfasser in den Annales du bibliophile belge, 1882, S. 110, von Herrn J. Petit, Geheimschreiber der Brüsseler königlichen Bibliothek, nachgewiesen worden sind.

Herr Ernouf hat nämlich einige Eigennamen verkehrt interpretirt; auch scheint ihm das Verhältniß zwischen dem deutschen und dem niederländischen „Bienenkorb" gänzlich unbekannt zu sein.

Herr Petit macht dazu die Bemerkung, daß vielleicht nicht Fischart, sondern Marnix selbst der deutsche Uebersetzer seines „Bienenkorbs" sei, was auch J. S. Harkenroht behauptet, der Verfasser der „Oostfriesche Oorsprongkelijkhedou" („Ostfriesische Originale"), 2. Ausgabe, Groningen, 1731, 2. Bd., S. 799. (Die erste Ausgabe wird datirt von 1714.)

Harkenroht meint, Marnix habe diese, bereits 1582 veröffentlichte Arbeit verfaßt in den drei bis vier Jahren, die er in der Nähe von Emden und Norden, in dem kleinen Orte Luitsburg oder Luttesburg verlebte, wahrscheinlich auf dem Landgute „Nußhof", des Edelmannes Unika Manninga, eines calvinistischen Eiferers. Der Verfasser citirt zur Begründung seiner Meinung: „Rückert, Gründlicher warhafftiger Bericht vom Anfang und Fortgang der Reformierten Gemein Jesu Christi in der Stadt Norden in Ostfrieslandt, u. s. w., 1674, S. 144".

Diese Ansicht erscheint mir irrig und zwar aus mehrern Gründen.

Zuerst kann man sich kaum denken, daß Aldegonde in jenen stark bewegten Jahren, gerade in dem Augenblicke, wo er mit aller Kraft sich an dem Aufstand betheiligte und seine ganze Persönlichkeit so zu sagen durch die Gründung und Organisation von calvinistischen Versammlungen und Consistorien zu Emden und Wesel in Anspruch genommen war, Muße gefunden habe zu solcher ruhigen und langwierigen Arbeit.

Marnix hat aber auch nie, weder durch Schrift noch Wort, so viel bekannt ist, gezeigt, daß er der deutschen Sprache mächtig wäre, noch viel weniger, daß er sie mit großer Gewandtheit zu behandeln wüßte, wie dies im Werke Pickhardt's der Fall ist.

Wir haben uns der Mühe unterzogen, mehrere Capitel des Originals mit dem deutschen Texte zu vergleichen, und sind aus innern Gründen überzeugt, daß die Uebersetzung in Deutschland von einem deutschen Verfasser hergestellt ist, der nach unserer Vermuthung in Südwest=Deutschland ansässig war.

Die Wahrscheinlichkeit, daß Marnix der Uebersetzer nicht ist, wird noch erhöht durch den Umstand, daß Fischart den Pseudonym „Pickhardt" auch als Verfasser des „Jesuitenhütlein" angenommen hat.

Folgende Beispiele mögen unsere Meinung erhärten.

Ausgabe von St. Gallen 1847:

S. X. schreibt Pickhardt „Gaesen" oder „Goosen" statt „Geusen", wohl nach dem niederländischen Laut (ö oder ä) (fr. les gueux).

S. 20 übersetzt P. Marnix' Worte: „Lutheriaenscher endo Hugenootscher leere" mit „evangelischer lèr".

S. 21 übersetzt P. das Marnix'sche „sloot als een bus" („es schloß wie eine Büchse"), ein niederländisches Sprichwort, mit: (Die lère reimet sich auf der evangelischen lèr) wie ein glokleiu an einer toenig faarlins halse („Schweinchen mit der Schelle am Halse").

S. 22. P.: „man hat's inen (ihnen) wol eingetrünkt", für „verleerd" („abgelernt").

S. 23. P.: widerstän, für Marnix' „wedersproken" („widersprechen"). Hier sind von P. die Worte eingeschoben: „was fretten (abmühen) sie sich lang".

S. 24 werden Begebenheiten von specifisch deutschem Interesse erwähnt.

S. 39 werden die Worte: „die feig zu bieten" (ein zu derbes Sprichwort) eingeschoben.

S. 56 treffen wir ähnliche kleine Einschaltungen, deren Umständlichkeit eine Wiedergabe unmöglich macht.

S. 92. Der Ausdruck: „ein Schilt auszhonken".

S. 94 sind folgende echt deutsche Worte eingeschaltet worden: „Färet hübschlich îr gesellen!"

S. 95. Wieder der Ausdruck: „Was fretten sie sich lang".

S. 136 schreibt P.: „Ain verdrüszlich irrstainlein," für „fastidiеus scrupulе" (langweiliger Scrupel).

S. 137 nennt P. den „grossen Gott zu Schaffhausen".

S. 143 und 285 bespricht P. mehrere deutsche Orte, welche im Urtexte nicht erwähnt werden.

S. 185 schaltet P. die Worte ein: „(Der Teufel ist) wie eine gespannte Feuerbüchs", und gebraucht andere noch weniger erbauliche Redensarten, um die h. Wandlung zu beschimpfen.

S. 188 schreibt P.: „Mit der Schrift (wird) herumgewischt, wie ain Sau mit aim chorrock," eine Wendung, um welche Marnix ihn gewiß beneidet hätte.

S. 191 übersetzt P.: „Alle Kost und Speis sammt dem Gebräten in die Asche geworfen." Hier hat der Uebersetzer den niederländischen Satz: „Spit (veru) met alle het gobraden" (d. h. „der Spieß mit dem Braten") gar nicht verstanden.

S. 195 werden die niederländischen Namen von Wallfahrtsorten durch deutsche ersetzt.

S. 249 wird der Satz: „Also muss man auf römisch die deutschon Esel reiten" gebraucht.

S. 280 findet man den Ausdruck: „Hänslein Jedermann", der sich in einem niederländischen Hirn kaum bilden konnte. U. s. w.

Diese Beispiele dürften genügen zum Beweise, daß nur ein Teutscher, ja ein Südwestdeutscher, und sogar einer, welcher der niederländischen Sprache nicht ganz mächtig war, die Uebersetzung hergestellt hat.